バタイユ　魅惑する思想

酒井健

白水社

バタイユ　魅惑する思想

まえがき

ジョルジュ・バタイユ（一八九七—一九六二）の思想世界を読者と気ままに散策する。それが本書で私がめざしたことである。

散策路の発端はバタイユの作品に求めた。一九二〇年代末から六〇年代初めまでの間に刊行された彼の作品から適宜に一二作を選んで一二の章にした。

それら一二の作品は年代順に並べられてはいない。ジャンル別にまとめられているわけでもない。単調さを避けるためトランプのようにシャッフルされている。

もとより私には教科書的な作品解説を書く意図はなかった。日本の西洋思想の受容はもはやガイドブックのレヴェルを超えつつあると私は思っている。西洋思想に対する書き手の態度が見えてくる紹介本が今求められているのではなかろうか。

そういうお前だって入門書を書いたじゃないかと詰め寄られそうである。しかし拙著『バタイユ入門』（ちくま新書）で私は、自分とバタイユの関わりから書き始めたし、またバタイユの思想の進展を追ってゆくなかで自分のバタイユ解釈、自分の西洋観を積極的に盛り込んでいったつもりである。

本書を私は、バタイユの思想世界をめぐる自然風の廻遊式庭園に仕立ててあげてみたかった。一つの作品から始まる散策路はいつしかその作品の世界を離れ、別な散策路と合流したり、バタイユの思想の主要なテーマに開けていたりする。多少とも見晴しのきく所では、他の思想家の世界を遠望しての比較が試みられている。コラム《バタイユに魅せられた人々》は、廻遊路の途次に現れるグロッタ（洞窟）といったところだ。西洋にも日本にもある自然風庭園の面白さ、つまりどこに通じているのか、何が見えてくるのか分からない散策路の楽しみが少しでも本書から出ていれば幸いである。

善と悪、生産と消費といったバタイユ特有の議論ににわかに興味を持てない読者もおられるだろう。その方は小説『空の青』の章やもっと激しい『太陽肛門』の章から入って頂けたらと思う。序章を最後に読まれてもかまわない。本書は、どの章から読み始めても、バタイユが生きた迷宮に、私たちも生きているはずの迷宮に、何がしか触れることができるようになっている。

ラビュリントスとは、古代ギリシア・クレタ島の迷宮殿だけの名称ではない。バタイユの思想、さらには自然界の在り方、そして私たちの日常を表わす名称でもあると私は思っている。

今の私は、じつのところ、自分固有の解釈を打ちだすといった個を際立たせる努力にはもう興味が持てなくなっている。バタイユという時代も環境も異にする一個人がなぜ私をこうも魅するのか、その理由は、彼が激しい勢いで示した生に、迷宮のように混乱した生に、彼個人のであるとともにそれ以上の広がりをもつ生に、ある。

ささやかな廻遊式庭園のような本書において私の言葉がバタイユの生と触れ、さらに読者の方々の生と触れてスパークするのならば、何のつながりも見えないこの夜のような世界で火花を散らすのならば、そんな素晴らしいことはないと私は思っている。

まえがき　3

序章　7
第 1 章 『文学と悪』　17
第 2 章 『内的体験』　29
第 3 章 『空の青』　49
第 4 章 『有罪者』　65
第 5 章 『エロティシズム』　83
第 6 章 『ドキュマン』　99
第 7 章 『呪われた部分』　113
第 8 章 『アセファル』　131
第 9 章 『ラスコーあるいは芸術の誕生』　149
第 10 章 『ニーチェについて』　165
第 11 章 『太陽肛門』　185
第 12 章 『エロスの涙』　199

あとがき　217

コラム 《バタイユに魅せられた人々》
モーリス・ブランショ　41
コレット・ペーニョ　61
ピエール・クロソフスキー　77
岡本太郎　146
ミッシェル・フーコー　182
三島由紀夫　211

序章

――何が魅惑するのか

思想が魅惑する。

バタイユにおいては、まず、生命の極限に行く彼の姿勢が魅力を発している。

「エロティシズムとは、死におけるまで生を称えることなのだ」（『エロティシズム』「序論」）

私たちは誰しも個人として生きている。生命は個という身体と精神の枠組のなかにある。そしてこの枠組のおかげで生命は存続できている。しかし生命は、個の枠組から束縛も受けている。個の延命のための道徳（私たちの日常を支えている道徳だ）、己れの死への恐怖、安らぎへの欲求、こういった個を中心にした精神的なもの、心理的なものが、自由に溢れ出たいとする生命を束縛している。皮肉にも、生命を可能にしている個の器が生命の自由を拘束しているのである。

バタイユは、とりわけ精神の次元で個の枠組を半壊させ、死に接近しながら、生の自由を体験しようとした。《内的体験》と彼が呼んでいる試みだ。だが、このような極限的な状況になると、これまで抑圧的な冷たい機構に見えていた個の精神的な枠組が、そしてそれを支えていた道徳、慣習、法、常識、学問、さらには理性それ自体が、生きたい、いや生き延びたいという強い生命の相貌を帯びて立ち現れてくるのである。それらが自分の根源的な面を露呈させて意識に肉迫してくるのである。

要するに、内的な死の危機の局面においては、生き延びたいという生命の根源的な衝動と、今この時を無拘束に、至純に、生きたいというもう一つの生命の根源的な衝動とが激しくせめぎあい、複雑にからみあいだすのである。

バタイユは、このような極限的な状況で出現する人間の本質的な葛藤を、そのままに肯定し生きようとした。生命の全幅の可能性を体験しようとした。

それだけではない。彼はさらに、この根源的な体験の地点から、人間の多様な営みを捉え直し、抜本的な発想の転換を迫りもした。エロティシズム、宗教、芸術、政治、経済、社会、科学、そして哲学。バタイユの問いかけは人間の活動のほぼ全域に及ぶ。彼の思想の魅力は、考察の壮大さ、そして各分野でのラディカルな論及にもある。

バタイユ本人に言わせれば、彼の思想史上での位置は次のようなものだ。

もしも思想史のなかに私を位置づける必要がでてくるのだとしたら、それは、思うに、私が、《推論的な現実の消滅》の諸事態を、私たち人間の生のなかで識別したということにある。そしてまた、これらの事態の記述から、消えゆく光を呈示したということにある。この光はたしかに目をくらませるほどのものだ。しかしこの光は夜の不透明さを予告してもいる。いや、夜だけを予告している。(『内的体験』「一九五三年の追記」)

《推論的な現実》という言葉は一見して面食らうが、難しく考える必要はない。私たちは日常生活において、こうすればああなるという論理的な展開を頭に描きながら、これを実行している。もう少し鮮明なバタイユの用語を用いれば、私たちは《企て》のレールを敷き、その上を動いて、何かしら目的を実現している。《推論的な現実》とは、このように現在から未来に延びた、目的実現のための現実のことだ。価値の比重は、むろん、目的が達成される未来にある。現在は未来のための手段と化し、生命は禁欲を強いられる。しかし生命はときとしてこの体制に耐えられず、激しく溢れ出て、《推論的な現実》を滅ぼしにかかることがある。現在の生命それ自体が目的と化してしまう、いやもはや現在と未来、手段と目的、善と悪といった知的な二元論的区別がいっさい滅んでしまう圧倒的な生命の湧出のときがあるのだ。

《推論的な現実の消滅》はこのように生命の横溢によって生じる。先に問題にした死の危機、個の器の半壊状態もこれに重なる。ほかにバタイユは《裂傷》、《引き裂かれた状態》という表現もよく用いた。《非 - 知の夜》という言葉もこの事態を指す。

内的な生命が渦巻いていても、この状態がそのまま「光」なのではない。むしろ「夜」なのだ。《企て》のレールから逸脱すると、人は往々にして得も言われぬ寂寥感に、助けを懇願したくなるほどの孤独感に、みまわれる。この事態をバタイユは、赤裸々に綴った。「赤裸々」と言っただけではまだ足らない。表現自体を半壊状態にさせながら、死にかけた言語で、「夜」になりつつある言葉で、語ったのだ。拙訳でそれがどれほど再現できるか心もとないが、紹介しておこう。

震えながら。孤独な暗闇のなかで、動けぬまま、立ちつくしている。身ぶりをしない懇願者の姿勢で。懇願。しかし手を合わせる身振りはなく。希望などもちろん抱かずに。途方に暮れ、懇願し、盲たまま、半死の状態で。堆肥の上のヨブ〔旧約聖書中の人物で善人でありながら神から過酷な試練を受けた〕のように、しかし何も想像せずに、夜の帳が下りて、武器とてなく。途方に暮れている、そのことだけを知りながら。(『内的体験』「刑苦」)

何とも荒涼とした心模様だが、しかしこのように無防備のまま心を開いていると、予期せぬときに外部から別の生命の流れに襲われて、激しい交わり(コミュニケーション)の状態に入ることがある。それが「光」なのだ。《推論的な現実の消滅》の諸事態のうち、バタイユがとくに重視していたのがこの交わりである。

彼の場合、交わりを求める生命の流れはじつに様々なところからやって来る。晴れた日の田園の風景から、あるいはすさまじいエロティシズムや流血の宗教的儀式から、追憶のなかに現れた月明かりの修道院の光景から、さらには一万七千年前の洞窟壁画からも押し寄せて来る。

この交わりの「光」は、しかし、神の恩寵とは違う。それ自体では、何の慰みも、希望も、与えはしない。個の存続に役立つような物心いかなる御利益とも本質的に無縁である。この「光」を神の光だと断定したがる者は、その精神の根底で、個の延命の体制を、あの《推論的な現実》を優越させたい、絶対化させたいという偏狭な意志に駆られている者だ。

バタイユはニーチェの「神の死」の教説をニーチェとは別な角度から捉え直し、徹底化させた。たしかにニーチェも、バタイユも、単なる反キリスト者ではなく、キリスト教の底に人間一般の意志を見て取っていた。しかし、ニーチェが生命力弱き者の怨恨感情を、その卑屈で隠微な「権力への意志」を、キリスト教に看破していたのに対し、バタイユはキリスト教に《推論》への人間の傾向を読み取っていた。さらに「キリスト教は言語の結晶化でしかない」(『有罪者』「補遺」)とも言い当てた。

言語を、私たちは通常、思考内容を表明するための道具とみなしている。バタイユはしかし、言語と思考は表裏一体の関係にあると見ていた(じっさい私たちの脳裏で両者は密接に関わりあいながら成果をあげている)。彼においてはだから、《推論(的思考)》を表わすフランス語 discours(ディスクール)は、合理的な言語表現という意味でも用いられている。要するに、バタイユの見るところ、《推論的な現実》は合理的な思考と言語から成り立っており、キリスト教の母体はこの《推論的な現実》であり、西洋の近代文明はキリスト教信仰を捨ててこそすれ、その母体たる《推論的な現実》への信仰をいっそう強固に、盲目的なほどに持って発展した文明だということなのである。

ヴァレリーの有名な言葉に「敵の神を撃て」があるが、キリスト教を批判するバタイユにとって真の標的はキリスト教の神それ自体ではなく、《推論的な現実》への信仰、つまり目的の実現にしばられた《企て》の精神だった。西洋の近代人への彼の批判も同じ点に向かっている。すなわち目的実現という生産的な行為に無批判に従事し、そうして今この時に溢れでようとするあの豊かな生命流を軽視したり排除しようとしている人々への批判だった。この近代人のなかには、驚くことに、キリスト教や観念論を批判してきた人々、すなわち唯物論者も含まれていた。バタイユは、唯物論者や自称革命家の言葉に欺瞞を感じて、思想家の道を歩み始めた人だ。むろん、彼のめざすところは、単なる人物批判ではなく、もっと深く遠大なものだった。

一九二九年といえば、ロシアではもう革命の余韻は消えスターリンが独裁官僚国家体制を固めて近代化の道（第一次五ヶ年計画などによる重工業化）をたどり始め、イタリアではムッソリーニが国家とローマ教皇庁との和解（ラテラノ協定）を実現し、フランスではシュルレアリスム革命は下火、左翼勢力も教条化のなかで退潮の一途をたどっていた。このようなヨーロッパの反動と停滞の機運に抗うべく、バタイユは思想家としてのスタートを切ってラディカルで総合的な視点変換を迫り始めた。一九二九年六月発表の論考「唯物論」の書き出しは次のようだ。

ほとんどの唯物論者は、あらゆる精神的実体を排除しようと欲したのにもかかわらず、観念論特有の世界観を描く結果になってしまった。じっさい、彼らの世界観は上下の階層関係によって特徴づけられる。彼らは、様々な次元の事柄を伝統的な階層秩序にまとめあげ、その階層秩序の頂点に、死んだ物質を置いてしまったのだ。そのようにして、彼らは、知らず、物質の観念的な（＝理想的な）形態への強迫観念に従っていたのである。この観念的形態とは、物質はかくあらねばならないというものに他の何よりも近づいている形態のことである。じっさい、死んだ物質、純粋観念、そして神は、どれも同じようにして、すなわち完全な仕方で、観念論哲学者たちによってしか提起されえない問題に答えているのである。その問題とは、世界の本質という問題、すなわち世界を理解可能にしている観念という問題のことである。（『ドキュマン』一九二九年六月）

観念論とは、一般に、地上の現実世界を超越する観念（もしくは精神的実体）にこの地上世界の本質があるとし、この観念によって地上世界を説明し指導してゆく立場である。対して唯物論は、地上世界を超越するものをいっさい認めず、地上世界の物質にこの世界の本質を求める立場である。だが、唯物論者であっても、或る物質を定型化し特権化して地上に君臨させるのならば観念論者になってしまう。

唯物論者が観念論者に転じてしまう真の原因はどこにあるのかというと、それは、生きた物質を人間の都合のよいように作り変える力にある。水や土といった自然界の物質から私たちが日々発語している言葉に至るまで、生き生きとしていて定まった形に収まりきれずにいる物質を生命なき個物に変え人間の延命と発展に奉仕させる力にある。いや、この力に無批判、無自覚に従っている人間の態度にこそある。この力はほかでもない理性の力であって、バタイユは、理性を優越させる人間の態度を批判していった。ただし彼のこの批判は、単なる不合理主義ではなく、理性への信仰を相対化する批判だった。雑誌『ドキュマン』の時代（一九二九―三〇）の彼はまだ試行錯誤の段階だが、尖鋭な指摘はいくつも見られる。こと言語に対する批判ではそうだ。じじつバタイユは『批判的辞典』の編纂をもくろんでいたのであり（先の「唯物論」もその一項目）、この辞典について「不定形の（informe）」の項目ではこう語っている。

> もはや語の意味ではなく、語の働きを示すところから始まるような辞典があってもよいだろう。例えばそこでは《不定形の》という語が、ただ単にそのような意味を持つ形容詞であるばかりでなく、低下させ乱すことに役立つ言葉にもなるのだ。（『ドキュマン』一九二九年一二月号）

生命とは定まった形のなかに収まっていられない何ものかである。バタイユは、ただ無批判に「不定形の」という語を用いて、この生命の在りようを形容しようとはしなかった。彼は、この語が生命の働きをし、形あるものを壊乱させることを欲していた。人間をも個物に変えてしまう《推論的な現実》を一瞬にしろ消滅させることを欲していた。言葉に生命の働きを見るからといって、これは単にアニミスム（地上のあらゆる物質に生命の宿りを見る）の問題ではない。すぐれて哲学の問題なのだ。もしも哲学が生き生きとした現実へ開けてゆくならばである。もしも哲学が、思考と表現の両面において、自己解体を諾うほど生命に開けてゆくならばである。思想が魅惑する。

バタイユにおいてそうなるのはとりわけ、思考と表現が生き生きした不定形の物質になっていることによる。膨大な彼の著作のなかでもとくに『無神学大全』の三作(『内的体験』、『有罪者』、『ニーチェについて』)は、このような生きた物質として、今なお交わりの「光」を求めて明滅している。

第1章　『文学と悪』（一九五七年）

――超道徳とその表現

擾乱（じょうらん）こそ根源的である

『文学と悪』（一九五七）は、バタイユ晩年の文芸評論集である。分かりやすく、題材も面白いので、これからバタイユの思想に入ってゆこうという人には、お薦めの一書である。

構成は八本の作家論からなっている。その作家名をあげると、『嵐が丘』のエミリー・ブロンテ、『悪の華』のボードレール、『魔女』なる作品を残した歴史家ミシュレ、幻視に憑かれた詩人ウィリアム・ブレイク、さらにサド、プルースト、カフカ、ジュネと続く。

これらの作家の文学世界は、一見して多様で、共通性がないように見える。だが、バタイユによれば、「擾乱（じょうらん）」（仏語で tumulte）ということで共通している。「擾乱こそ根源的であり、本書の意味である」。この評論集の「まえがき」にあるバタイユの言葉だ。

訳語として擾乱は、古くて硬い日本語だが、騒々しい混乱という仏語の原義によく対応している。

何がこの混乱を引き起こすのか。擾乱の母体は何なのか。とりあえず、不合理な情念、いやもっと広く、豊饒で破壊的な生命力、各人の個の器から溢れ出ようとしている旺盛な生命力と言っておこう。この生命力は、ニーチェが処女作『悲劇の誕生』（一八七二）以来〝ディオニュソス的なもの〟と言って人間と自然界の根底に見ていたものと通じるし、またフロイトが『夢判断』（一九〇〇）の第七章で第一次過程の無意識的欲望と呼んでいたものとも重なる。

復員兵の世代

だとすれば、擾乱は、もはやこの評論集に収められている八人の作家だけの問題ではなくなる。

私が属する世代は擾乱にみちている。この世代は、シュルレアリスムの擾乱のなかで、文学の活動に目覚めた。第一次大戦後の数年間、溢れ出る感情があったのだ。文学は自分の枠のなかで窒息しかけていた。文学が革命をはらんでいる。当時はそう思われていた。

これらの評論の深い意味は、私の青春の擾乱に関係している。これらの評論は、この擾乱の消え入りそうなエコーなのである。（『文学と悪』「まえがき」）

バタイユが属する世代は「復員兵の世代」と呼ばれる。彼が生まれたのは、十九世紀末の〝麗しき時代（ベル・エポック）〟だ。大都市では、きらびやかなデパートに目新しい商品が並び、街路にガス灯がともり、自動車や電話が登場しはじめた時代である。市民は平和のうちに物質文明の成果を享受していたのだ。もちろん、このような麗しき平和は、フランスならばフランス本国内での現象であって、その背後では他の西欧列強との植民地争奪戦や残酷な植民地支配がくりひろげられていたのである。

「復員兵の世代」とは、この西欧の背後の暗部を本土において如実に体験させられた世代である。第一次大戦（一九一四―一八）の勃発とともに、暴力的で残虐な西欧の暗部は、西欧諸国の国境付近で猛威をふるうようになった。〝麗しき時代〟は終わり、新種の近代兵器による未曾有の殺戮の時代がはじまるのだ。戦車、遠距離砲、毒ガスなど近代物質文明の所産に多くの若者が犠牲になっていった。「復員兵の世代」は、二十歳になるかならないかで第一次大戦に動員され、からくも戦場から生還した人々よりなる。物質文明の恐ろしさ、非人間性を身をもって知った世代なのだ。

理性の覇権に抗して

それゆえ、彼ら「復員兵の世代」のなかには、近代西欧の在り方を根底から批判する者が現れた。批判の対象は、無反省で傲慢な西欧の理性中心主義である。つまり理性的と称しながら大量殺人兵器を作りだすまで物質文明を進展させた科学の精神、産業の精神。さらに十八世紀の啓蒙の精神を継承して普遍的理性の府を自認しつつも利己的な植民地政策を強行したり対独報復感情をあおったりするフランス第三共和制政権。そして西欧の個人を理性的な文明人とし、アジア、アフリカの人々を非文明人扱いしてきた一般市民の人間観等々である。

第一次大戦で勝利国になったフランスでは、一般に、自国の在り方を真摯に反省して、その理性主義の欺瞞を批判してゆく機運は、生じなかった。むしろ逆に、この欺瞞に立脚した戦前の〝麗しき時代〃へ回帰する傾向の方が強かった。

そのような大戦後の風潮のなかで「復員兵の世代」の若者たち、とりわけダダイスト、シュルレアリストと称する前衛の文化人たちは、西欧の理性偏重の姿勢を過激に批判した。芸術創造の世界だけでなく、政治、社会道徳、市民生活の分野においてまで、激しい言葉、行為で批判した。批判しただけではない。彼らは、西欧が再度隠しにかかった不合理な破壊の情念を、理性に奉仕させせないかたちで、つまり国家や個人の自己本位な延命策、発展策に差し向けないかたちで、直接に表出させようとした。とくに詩と美術の分野ではそうだった。

彼らの近くにいたバタイユには、この激しい批判の言葉、振舞い、破天荒なイメージが擾乱と映ったのである。バタイユは、けっしてダダイスムやシュルレアリスムの主謀者たちのグループに所属することはなかった。彼らの言葉がにわかに信じられなかったからだが、しかし彼ら自身が体現している内部の力には共鳴していた。「私は深い信念を共有していた。私の耳に聞こえてくることとは別に、私はこう考えていたのだ。何だかよく分からないもの（誰にも分からないもの）を求める内面の力、気が狂ったように求める力、ちょうど影で涙にむせぶ恋女のように欲する力が、私たちのなかには存在しているのだと」。（『内的体験』の草稿）

善と悪

このような捉えがたい内部の生命の力を共有すること、個としての孤立が否定されて実現される生命の交流(コミュニカシオン)こそが文学の本質だとバタイユは考える。作中人物たち間の生命の交流、作中人物と読者との交流、テクストを介しての著者と読者の交流こそが文学の本質だとバタイユは考える。そして、そのような生命の交流としての文学を彼は悪だとみなすのだ。だが他方で、超道徳的な立場から、文学を至高だとも言うのである。

これらの評論は、文学の意味を掘り出すために私が行ってきた努力に対応している……。文学は本質的なものである。さもなければ無だ。文学とは悪を、悪の極端な形態を、表現したものなのであるが、私が思うに、悪は私たちにとって至高の価値を持つのである。とはいっても、この考え方は、道徳がなくなることを求めているのではない。《超道徳》を必要としているのである。(『文学と悪』「まえがき」)

この一節は重要であり、説明を要する。まずバタイユが善と悪をどう捉えていたか、明らかにしておこう。

いかなる時代、いかなる社会においても、大方の人間は、自分（たち）の生命の存続を第一に重視し、生命の存続とこれを可能にする事柄を善とみなしてきた。バタイユの考える善とは、まず、そのような個および個の群れにおける生命の存続を第一の要件にしている。

もちろん生命の存続のさせ方は、環境、歴史、気質等に応じて様々である。善は多様なのだ。それどころか、こちらにとって善であることが、隣人、隣国の人間にとっては悪になるということがある。そこから、いさかいや戦争が発生したりする。これは、しかし、異なる善の間の闘争なのであって、どちらの側においても、自分、自民族、自国の存続を最重要視する考え方それ自体はゆるぎなく維持されている。第一次大戦で敵対したフランスとドイツなどまさにそうだ。

他方、生命の存続ではなく、集団自決だとか犠牲の死、殉教など生命を絶つことが善とみなされることがある。しかし、この場合も、命を投げだす当事者は別な人間的存在（教祖のような現実の人間にしろ、神のような想像上の存在にしろ）の延命、発展を第一に考えている。ともかくバタイユが考える善とは、人間が人間の延命を考えて作りだした観念、人間の自己本位的な発想のことなのだ。

自然界には善悪の識別はない。大河の氾濫を例にとろう。自然の力が異常に高まったとき、増水が起き、濁流が平地に流れこむ。住居は水没し、田畑は瓦礫で埋まり、伝染病が蔓延しだす。自然界はことの善し悪しを考えて、洪水を起こしているわけではない。だが住民にとって洪水は悪だ。自然当の住民がどのような社会制度の下で暮らしていようと、このことに変わりはない。いかなる人間の生命をも脅かす事態、人類によって共通に「呪われている部分」、バタイユが言う悪とは、このように人間にとって普遍的に忌まわしい事態を指す。

超道徳の視点

人間の存続を可能にするものが善で、不可能にするものが悪である。だがこの善悪観はあくまで人間が自分の存続を基準にして作りだした捉え方でしかない。人間が悪だとみなす自然界の恐ろしき生命力それ自体のうちには、善と悪の基準などありはしない。樹木を育てたり枯らしたり、自然界は、何からも指図を受けずに、自律的に、気ままに、自分のエネルギーを消費している。バタイユは、このような自律的で無目的なエネルギーの消費を至高性と呼んだ。

ただし注意せねばならないのは、自然界の至高性においては、善と悪の区別がないのに対して、人間の至高性においては、善と悪の激しい葛藤が見られるようになるということである。ふだん私たちは、ほとんど意識せずに道徳に従って個としての延命にいそしんでいる。だが、何かの拍子に情念が高ぶって、個の体制が揺らぎだし、善と悪が意識の上に浮上して激しくせめぎあいだすことがある。本書の「序論」の冒頭（八―九頁）で述べておいたように、個として生き延びたいという欲求（善）と今この時を無拘束に、至純に生きたいという欲求（悪）が激しく対立しだすのである。ときに善がまさり、ときに悪がまさるという不安定な状況のなかで私たちは生命のエネルギーを無益に消費してしまうのだ。バタイユが考える人間の至高性とは、このような善悪の葛藤と混濁のなかで無益にエネルギーが消費される事態を指す。

バタイユはこの善悪の葛藤の状況をさらに超道徳と呼んだ。そして内的体験と名ざした神秘的な体験のなかで超道徳の状況を生きようとした。

超道徳を生きる姿勢は、じつは、バタイユ固有の発想ではない。現代未開社会において、あるいは中世ヨーロッパや古代ギリシャ・ローマにおいて、つまり近代西欧文明の外部において、供犠を中心にした祭儀とともにすでに生きられていた事態なのである。

近代西欧文明は、個の延命と発展一辺倒の立場を貫いた。尖鋭ではあったが偏っていたのである。「復員兵の世代」のなかの前衛文化人たちは、この近代西欧の在り方を相対化していった。ニーチェ、フロイトといった現代思想の先駆者たちの生命論、欲望論に学んで、自然界に、そして人間の内部にも道徳の彼岸としての生命が存在していることを知り、他方デュルケーム、モースら民族学者の仕事から、この生命に開かれた近代西欧外の社会の存在を知ったのである。

文学への批判

『文学と悪』のバタイユは、文学を、人間の存続とは別の視点からも断罪して、こう言っている。

「文学は交流である。交流は誠実な批判意識を引き起こす。（……）文学は、無垢ではない。罪あるものであって、最終的にそのことを認めねばならなかった。（……）文学とは、やっとのことで再発見することができた子供時代のことなのである。ところで子供時代が何かを統治支配するようになったならば、その子供時代ははたして真実を有していると言えるだろうか」。
（『文学と悪』「まえがき」）

大人でありながら子供時代を生きる。個の存続への大人の意識を維持しながら、個の存続など意に介さない子供の感情を生きる。これがバタイユの考える超道徳であり、『文学と悪』のなかではとくにカフカが、この大人と子供の両方を生きながら大人の意識一辺倒の近代社会に抗った文学者として紹介されている。

だが問題なのは、善と悪が混在して流れる超道徳の奔流をいったん文字で表して書物にしてしまうと、この流れは不動の物体に変化してしまうということだ。それだけではない。書物という個物は、文学者の意識のなかで君臨しはじめ、文学者に個としての存続を、場合によってはさらに社会での栄達を考えさせはじめる。そしてそうしたことに書物は簡単に用立てられてゆく。

文学者は、この欺瞞、この生命への裏切りに批判的であらねばならない。文学者は、擾乱を繰り返す生命の超道徳の濁流に従って、文字に凝固する表現を、その表現に安住しようとする文学者自身を、断罪してゆかねばならない。バタイユはそう考える。もちろん、そこにあるのは、生命が善で作品は悪だとする単純な善悪観ではない。生命の内側にいてその流れに従っていると（バタイユの言う誠実さとはこのことだ）、個として屹立する作品や作者が障害に感じられてくるということである。作品や作者を最初から悪と措定し、流れゆく生命を善と自覚しているのではない。善の体制にも悪の体制にも漂着せずに、ただ善悪それぞれへの思いが激しく交錯する流れに従っていると、それら作品や作者という個物が抵抗として感じられてくるということなのである。

【邦訳】　山本功訳『文学と悪』（ちくま学芸文庫）

第2章　『内的体験』（一九四三年）
——笑いの深さ

遅れたデビュー

『内的体験』はバタイユの主著と言ってよい思想書である。三部作『無神学大全』の第I巻目にあたる。他の二巻は『有罪者』と『ニーチェについて』だ。

『無神学大全』はどれも断章形式で書かれている。一見して混乱おびただしい。断章間に脈絡は乏しく、何の断わりもなしに詩や引用文がそのまま一つの断章になっていたりする。目立つのは、著者バタイユの息せき切った口調だ。バタイユは何かに強く急き立てられている。

『内的体験』は、一九四三年、ジョルジュ・バタイユという本名で、ガリマール社から出版された。それまでのバタイユの出版物は、雑誌発表論文を別にすれば、私家版風の冊子だとか僅少部数の匿名小説しかなかったのであり、その意味で『内的体験』は彼の最初の公刊書だったと言ってよい。バタイユはじつに四六歳になろうとしていた。

遅れたデビューである。一九四三年といえば、三八歳のサルトルが大作『存在と無』を発表して自分の哲学に強固な基盤を与えた年である。サルトルはすでに哲学書『想像力の問題』（一九四〇）を出版していたし、また哲学的小説『嘔吐』（一九三八）でその名を世に広めていた。

他方、シュルレアリスムの領袖ブルトンのデビューはもっと早く、『シュルレアリスム宣言』（一九二四）が二八歳のときである。その後も美術評論集『シュルレアリスムと絵画』（一九二八）、自伝的散文『ナジャ』（一九二八）、詩集『白髪の拳銃』（一九三二）など続々と作品を発表した。

「存在の道」か「作品の道」か

バタイユのデビューが遅れた理由は、「存在の道」か「作品の道」かのうち前者を彼が進んだことにある。

一九四六年発表の論考「半睡状態（まどろみ）について」（拙訳『ランスの大聖堂』所収）のなかでバタイユは、この二つの道を次のように説明している。

ブルトンが教示していたことは、無意識的なものを聞き取りながら書く（＝自動記述）ことだけではなく、このような自動性の価値を意識することでもあった。だがこの教えは二つの道を切り開いた。一つの道は、作品の方へ向かう道であり、即刻いかなる原理をも作品のために犠牲にしながら、絵画作品と書物の持つ魅力の価値を強調していた。この道は、シュルレアリスムが進んだ道だった。もう一つの道は、存在の方へ向かう険しい道だった。こちらの道を辿ると、人は、作品の魅力にわずかな注意しか払うことができなかった。作品の魅力が取るに足らないものだったからではない。この存在への道行きであらわにさらけ出されたもの、その美しさ、醜さはもうどうでもよかったのだが、ともかくこのあらわにさらけ出されたものは、事物たちの深奥であったのであり、以後夜のなかで存在の葛藤が始まったのだ。すべては、厳密な孤独のなかで、宙づりにされた。作品を《可能なもの》に、美的な快楽に、関係づける手段は消えうせてしまった。（「半睡状態（まどろみ）について」）

バタイユにとって〝存在〟〔＝l'être〕とは、事物たちの深奥に横たわる暗き何ものか、明晰な意識の底に巣くって荒れ狂う漆黒の何ものかである。とうてい言葉では説明しきれない、いつまでたっても〝未知なるもの〟であり続ける何ものかなのだ。それは人に葛藤、奔流、輝き、叫びをもたらす。「〝存在〟は稲妻のように噴出するエネルギーなのであり、同時にまたエネルギーの噴出ゆえに生じる死の危機への意識でもある」。ひとたびこの〝存在〟を生きてしまうと、「哲学者たちの〝我在り〟だとか〝存在〟は、紙の純白さのような最も特徴のない、最も意味に乏しい事態」になってしまう（一九四七年の論考「人間と動物の友愛」、拙訳『純然たる幸福』所収）。

このような〝存在〟を生きていたからバタイユは、作品を早くに世に出せずにいたのだ。そしてやっと公刊した書物『内的体験』も、この内奥の〝存在〟の体験に忠実な書き方であったため、通常のエッセーや思想書とは異なる無秩序で混乱した書物になってしまったのである。半壊状態の書物、作品ならざる作品、それが『内的体験』である。しかしそこからは、言いようもないエネルギーの噴出、輝き、叫びが感じられる。さらに死の危機を意識した著者の緊迫した生き方が感じられる。

笑い

バタイユが〝存在〟の内的体験のなかでとくに注目していたのは、笑いとエロティシズムである。ここではとくに彼の笑いの深さを明示しておきたいと思う。笑いの体験こそ本書『内的体験』の原点であり、核心であるからだ。

『内的体験』第三部「刑苦の前史」には、一九二〇年、バタイユ二三歳のときに、彼がベルクソンの小著『笑い』を読んだことをきっかけにして笑いの体験を意識化するようになった経緯が綴られている。それによれば、「最初の日から私はもはや疑いはしなかった。笑いが啓示であり、世界の深奥を開いて見せてくれるということを」。

バタイユはこの笑いの啓示とともに、それまで帰依していたキリスト教信仰を捨てるに至る。彼におけるこの「神の死」については一九五三年の講演「非‐知、笑い、涙」で詳しく語られている。

今注目したいのは、笑いの体験を意識化するにつれて、彼が〝存在〟に侵されてゆき、作品など書き上げられるような状態ではなくなっていったということである。デカルトに『方法序説』（一六四三）を書かせた〝存在〟、つまり「我考える、ゆえに我在り」と彼が言うときの〝在り〟、さらに言えば彼の〝考える物〟たる安定した自我を支えている〝存在〟。この〝存在〟から、もっと深い〝存在〟へ、すなわち夜の嵐のように不明瞭に荒れ狂う何ものかとしか言いようのない〝存在〟

へ、バタイユは成り変わっていったのだ。「私は、以後長いこと、混乱した幸福感しか知らなくなってしまう。あまりに笑ったために、私は、破れ、解体し、そのようなものとして、意気消沈したりしていた。私はかくして意味も意志も欠いた不確かな化け物になったわけだが、この化け物に私は恐怖を覚えもしていた」（『内的体験』第三部「刑苦の前史」）。

『内的体験』の第二部「刑苦」の或る断章では、一九二七年頃の笑いの体験が回想されている。バタイユの内的体験とはどのようなものなのかと問われたら、私は迷わずこの断章を呈示する。本書の要（かなめ）になっている断章だ。とともにそれを読むと、当時のバタイユが「作品の道」から遠く、ただ「存在の道」に溺れるばかりであったことがよく分かる。

自分が辿ってきた道が見える覗き穴——あれから一五年たつ（いや、もう少したつかもしれない）。どこからだったか、私は、夜遅く、帰ってくるところだった。レンヌ通りに人気はなかった。サン＝ジェルマン大通りの方からやってきて、私は、フール通りを渡ろうとしていた（郵便局側からだ）。私は傘をさしていた。しかし、雨は降っていなかったと思う。（酒は飲んでいなかった。あえて言っておく。私には確信がある）。私は、必要もなく、この開いた傘を持っていたのだ（ただし、あとで述べる必要を別にすればのことだが）。当時、私はたいへん若く、混沌としていて、意味のない酔った考えで頭がいっぱいになっていた。ぶしつけで、目まいがするような、それでいてもうすでに配慮、厳密さに満ちていて、さらに人を苦しめもする数々の考えが一つの輪を作り、輪舞を踊りほうだい踊っていた……。この理性の難破のなかで、不安、孤独な失意、臆病さ、低劣さが、それぞれに甘い汁を吸っていた。少し離れたところでは、またお祭り騒ぎが始まっていた。確かなことは、こうした気ままさ、そしてこのとき同時に出くわした《不可能なもの》が、私の頭のなかで爆発したということだ。笑い声が星くずのように散らばる空間、その暗い深淵が、私の眼前で、ぱっくり口を開けたのだ。フール通りを横切りながら私は、この未知なる《虚無》のなかで……になった。私は、私を取り囲む灰色の壁を打ち消して、恍惚境とでもいうべき世界へ突入していったのである。私はこのとき神々しく笑っていた。傘が頭の上に落ちてきて、私を覆い隠してくれた（私はわざとこの黒い屍衣で自分を覆ったのだ）。私は、かつて人が笑ったことのないような笑いを笑ったのである。万物の深奥が開かれ、むきだしになった。まるで私が死んだかのように。（『内的体験』第二部「刑苦」）

同じ頃、アンドレ・ブルトンは、『ナジャ』を書いている。謎の女性ナジャと夜のパリをさまよう話だ。精神病院のなかへ消えてゆく前に、ナジャはこう言い残す。

アンドレ、アンドレ、あなたは私について小説を書くことになるでしょう。間違いないわ。いいや、だなんて言わないで。気をつけるのよ。何もかも弱まって、消えてゆくのだから。私たちのなかの何かが残らなければいけないの……。（アンドレ・ブルトン著『ナジャ』）

このような言葉を相手に語らせて、作品の執筆へ向かうブルトンに、作家としての巧妙な自己愛を見てとることは可能だろう。ともかく、ナジャは狂気の方へ、つまり〝存在〟の内奥へ入ってゆき、ブルトンは逆に「作品の道」を進む。

夜のパリで笑いに沈むバタイユはナジャに近い。彼は名指しえぬもの、……に生成してゆき、自己は「死んだかのようになっている」。

自分を笑う

バタイユは、死の前年にあたる一九六一年の二月に、当時ジャーナリストでのちに作家となるマドレーヌ・シャプサルからインタビューを受けた。その記録は、彼の思想の要点が語られていて貴重な資料になっている。笑いについてもバタイユはこう述べている。

私にとって笑いはすべての根底です。ただし次のような条件でのことです。大切なのは、自分自身を笑うということであって、いかなる場合も他人を笑って耐えがたきものから解放されたなどと思わないことです。他人のなかの何かを無邪気に非難するという意味でその他人を笑う。これでは問題は解決されません。

死は、私にはこの世で最も可笑しいものに思えるのです。私が死を恐れていないからではありません！　人は、自分が恐れているものを笑うことができるということなのです。笑いとは、哲学あるいは超哲学の次元では、死を笑うことだとさえ私は考えるに至っています。（マドレーヌ・シャプサル著『一五人の作家』、朝比奈誼訳の邦題は『作家の顔』）

他人の欠点を笑う。他人を善導するためにしろ、他人を嘲笑するためにしろ、そのような笑いはバタイユにとって非本質的なことだった。本質的な笑いとは自分を笑うことであり、その自分とは死を恐れている自分、自分の死を怖がっている自分である。

自分の死を怖がるとは、言い換えれば、死にたくない、一日でも長く生きていたいという心理である。この延命欲、この自己保存本能は、人間であるならば誰でも持っている根本的な心理だ。だが他面、この根本の心理から、利己心、利害打算の精神、排他的な野心も出てくる。「耐えがたいもの」とバタイユが言っている人間の傾向のことである。

近代とは、個人主義から国家主義まで単体の延命発展を第一に重視した時代である。現代思想は、この傾向に耐えがたいものを覚えて、それを批判した。バタイユによれば、一九二〇年代のダダイスト、シュルレアリストも、そのような近代に憤怒を覚え、激しい反抗に出たのだった。ただし、それまでの近代的な作家たちのように、作品という単体、作家という単体への執着が捨てきれず、安易に「作品の道」へ進んでしまうという到らなさも冒してしまったのだ。

バタイユは、笑いを哲学の次元で、もしくは従来の哲学を越える次元で、捉えていた。死を恐れる自己への笑い、このバタイユの捉え方が西洋の思想史においていかに斬新な発想であったかを最後に確認しておこう。

ホメロス（前八世紀頃）の描く神々は、情念の起伏に正直で、酒宴を愛し、哄笑を自由に発していた。「息を弾ませて部屋の中をひょこひょこと駆け廻るヘパイストスの姿を見て、至福の神々の間には消すべくもない哄笑が湧き起こった」（『イリアス』第一歌、松平千秋訳）。

プラトン（前四二九頃―三四七）になると、善の視点から哄笑は嫌悪されるようになる。『国家』（第三巻三八九a）には上記の『イリアス』の箇所が引用されていて、ホメロスが歌う神々の哄笑を「われわれは受け入れないだろう」（藤沢令夫訳）とあるし、『法律』（第五巻七三二c）には「度はずれの笑いや涙は抑えるとともに、みんながそうするように互いに戒めあわなければならないし、それだけでなく、すべての過度の苦しみはひたすら隠して、見苦しくないように努めなければならない」（森進一他訳）とある。

ずっと時代が下ってホッブス（一五八八―一六七九）の『人間の本性』第九章第十三節には、「したがってこう結論をだしてかまわないだろう。笑いの情念とは、他人の欠点と、あるいはかつて自分の欠点であったものと較べて、突如、自分の優越性に気づくことから生じる突然の喜びにほかならない、と」。ここでは自我は温存されている。自我の壁が否定されるバタイユの笑いとは異なる。

ヘーゲル（一七七〇―一八三一）にも笑いのテーマはあって、否定の力が問題にされているが、しかし既存の悪を否定し善をめざすという道徳的な方向性、運動性が枠組として設定されている。十七世紀オランダの滑稽な風俗画について彼が言うには、「オランダ絵画の場合、滑稽な雰囲気が情景の下品さを破壊する力を持っていて、人物たちは、いま目の前に描かれたのとはどこかしら違う面を持つことが容易に察知される」（『美学講義』、長谷川宏訳）。

バタイユの笑いは、前章で紹介した言葉を用いれば「超道徳」的であり、善悪が混濁する《至高性》の瞬間的な体験にほかならない。先ほど触れたように若きバタイユに笑いを哲学の問題として意識化させたのはベルクソン（一八五九―一九四一）の『笑い』であったが、バタイユはこの作品の内容自体には失望していた。じっさい、笑いの道徳的効果（笑われることで欠点が修正される）が語られていたからである。「笑いが《習俗を懲戒する》のである。それは我々があらねばならぬものに、結局他日必ず本当にそうなることになるものに、早速そう見えるよう我々がつとめるようにさせるのだ」（林達夫訳）。

笑いの問題でバタイユの先駆者であったのはニーチェ（一八四四―一九〇〇）である。ニーチェは、バタイユほど激しい神秘的体験は語らなかったが、笑いを、道徳の拘束から解放し、非キリスト教的神性の体験と捉えていた。次のニーチェの言葉は、バタイユの座右の銘だった。「悲劇的な人物たちが滅んでゆくのを見てそれでもなお笑えるということ、彼らを理解し彼らに共感し共鳴しているのに超然として笑えるということ――これは神的である」（一八八二年夏―秋の遺稿断章）。

【邦訳】 出口裕弘訳『内的体験』（平凡社ライブラリー）

《バタイユに魅せられた人々》

モーリス・ブランショ（一九〇七―二〇〇三）

小説家、文芸評論家、思想家。ブランショもまた多彩な相貌を持つが、彼こそ、その親愛の情からして、そして知的理解の深さからして、バタイユの最高の友だったと言える。

交友関係が始まったのは、両者のそれぞれの回想によれば一九四〇年の末（シュルヤの伝記では一九四一年）のことだった。ナチス占領下のパリにバタイユは四三年の三月まで留まっていたが、ブランショは「そのバタイユのもとをほぼ毎日訪れ、あらゆる問題に関して話をかわしたのだった」（ブランショ著『問われる知識人』一九九六年、フールビ社、四三頁の脚注）。バタイユによれば「彼バタイユは讃嘆の念と考えの一致とによってただちにブランショと結ばれた」とある（一九五八年の「自伝的記述」、ガリマール社版『全集』第七巻、四六二頁）。

両者は、一九三〇年代に、それぞれの立場から尖鋭な活動に向かっていたのだが、ともに西洋の大きな政治の流れのなかで挫折を強いられ、三九年からの第二次大戦においては思索を内面化して新たな思想の創造へ向かっていたのである。ブランショは、反資本主義、反議会政治主義、反共産主義、反ドイツ主義、反ヒトラー主義、反ユダヤ人差別主義を唱える過激な右翼の国家主義者として精神革命に賭け、それに敗れたなかで、バタイユは、極左政治集団《民主共産主義サークル》、反ファシズムの知識人同盟《コントル・アタック（反撃）》、宗教的秘密結社《アセファル（無頭人）》、そして《社会学研究会》の試みに敗れたなかで、それぞれそのラディカルな批判精神を人間の内面に向けて、思想を深めようとしていた。思想の深化の必要性を感じていたところで両者は出会い、互いに大いに啓発されあったのである。

両者の交情はバタイユが死ぬ一九六二年まで続いた。この間二人は、互いの作品に対する書評を、いや正確に言うと通常の書評よりもずっと内容の濃い思想的テクストを、何度か発表しあっていた。ブランショは、バタイユの死後も、この友人の思想から出発しての論文を雑誌に、あるいは単行本のなかに、発表した。それらのなかでもとりわけ『明かしえぬ共同体』（一九八三）に収められた「否定的共同体」は深い論考になっている。バタイユに魅せられ、しかも考察の眼差しを彼の思想の深部へ差し向けた人しか書けない文章だと言ってよい。

交友関係が始まった当初は、むしろ十歳年長のバタイユの方がブランショに強く魅せられ、触発されていた。じっさいバタイユはブランショとの対話から重要な啓示を受け、それに導かれて最初の思想書『内的体験』（一九四三）の執筆、上梓へ至ったのである。

バタイユはブランショに問うたのだ。内的体験は、内的体験を正当化する権威も目的も持たないが、はたしてそれで本当に可能になるのか、と。バタイユはいまだ伝統的な宗教的体験のなかで、内的体験を、この生の神秘的な体験を、捉えていたのである。教会のような宗教的権威、救済といったしっかりした目的がなければ、つまりそういう外側からの支えがなければ、とうてい内的体験は成り立たないのではあるまいか。

ブランショの答はこのうえなく鋭利だった。「体験それ自体が権威なのだ」と切って落としたのである。外部の権威だとか目的はみな推論的思考の要請事にすぎない。ただし体験それ自体が権威だといっても、その権威は罪ほろぼしをしなければならない、つまり体験の終了後に消えてゆかねばならない。ブランショはバタイユにそう指摘したのだった。

バタイユが見るところ、このブランショの答は西洋の思想史にコペルニクス的転回をもたらす可能性を秘めた言葉だった。現代思想の幕開けとなる言葉と言い換えてもよい。

推論的思考とは古代ギリシアから近代まで西洋の思想史を貫く基本的な思考である。簡単に言えばそれは、或る行為なり事柄を「何々」のためにあると理由づけ説明してゆく思考である。この「何々」は上位にあり、正しい目的、つまり善になっていて、当の行為なり事柄はこの善のための手段として正当化され存在理由を得ている。バタイユ以前までのキリスト教神秘家の内的体験は、キリスト教神の権威のためにあり、救済のためにあると説明されて、存在理由を得てきたのだ。

ブランショの言葉「体験それ自体が権威なのだ」はこのような従属的な地位から内的体験を解放

する。ただここで人は疑問にかられるだろう。権威となったその内的体験自体が今度は正しい目的になり善になって、他の行為、事柄を従えるようになるのではないか。そうではない。内的体験の権威は内的体験の終了とともに滅んでしまうのであり、つまり光輝きはしても一瞬の泡沫の権威にすぎないのであって、目的にはなりえないのである。ただし西洋は、この泡沫的な面を否定して、この権威を裏切り続けてきた。つまりこの権威を文字や図像に表現して実体化し、教会や国家などの持続的な権威に奉仕させてきたのだった。

内的体験は、推論的思考の支配から解放されると、生それ自体にのみ導かれる事態になる。我々の生も自然界の生も気まぐれな律動を呈しているから、内的体験は、必然性のない単なる偶発事になる。バタイユはこの面を強調して、内的体験を〈好運〉と呼びもした。様々ある運のなかでも好ましい運とされたのは、個人の生が、その統一された在り方を破って、つまり推論的思考の支配によって隷属的な手段の地位に一元化されている事態を破って、他の生と交わりあうようになることにある。バタイユと交友関係を持ち始めた頃のブランショには、内的体験のコミュニーケションの面が理解できていなかった。だから〈最後の人〉のように孤高に内的体験を極めたらどうかとバタイユに問うたのである。

ブランショは私にこう尋ねた。なぜ私が、〈最後の人〉であるかのようにして、自分の内的体験を追求しないのか、と。或る意味ではそうかもしれない……。しかし私は、自分が群衆の反映であり彼らの不安の総和であることを知っている。他方で、もしも私が最後の人であるならば、不安は想像しうる限り最も気違いじみたものになるだろう！——私はどのようにしても逃げられなくなり、限りなく意気消沈し続けて自分自身に打ち捨てられたままになるだろう。いやさらに空虚で無関心になってしまうだろう。だが内的体験とは征服行為なのであり、そのようなものとして他者に対してあるのだ！　内的体験において主体はさまよって客体のなかに消えてゆく。客体もまた消滅してゆく。しかし主体はそこで自分を消滅しさることはできないだろう。自分の本性がそれを可能にしないだろうからだ。つまり内的体験において主体はともかくにも存続するということである。というのも、主体は、ドラマのなかの子供とか鼻のうえの蝿でない限り、他者への意識であるからだ（私はかつてこの点を無視していた）。子供とか蝿であるならば、主体はもはや正確には主体ではなくなるだろう（自分自身の眼からも主体は取るに足らぬものになってしまうだろう）。主体は、他者への意識となりながら、かつまた古代ギリシア悲劇の合唱隊がそうであったようにドラマの証人、普及者となりながら、人間のコミュニケーションのなかへ消えてゆくのだ。主体としての自分を自分の外へ投げだし、ありうる限り多くの、限定しえないほど多くの生たちの群れのなかへ埋没してゆくのである。（『内的体験』第二部「刑苦」）

内的体験において主体は、〝他者への意識〟として存続し、かつ他者のなかに消えてゆく。この曖昧さ、この両面性、この矛盾が重要なのだ。客体においても同様である。バタイユの〝他者〟とは、顔のある個としての他者であると同時に、顔のない非人称の動きのことでもある。バタイユが「多くの生たち（existences）の群れ」と複数形を用いて具体性をだしていることに注目しよう。この他者の両面性はちょうどヘーゲルが他者の顔をのぞいてその眼のなかに不可解な虚無の動きを見出しているとき（一八〇五―〇六年冬学期の講義での言葉、拙訳『純然たる幸福』所収のバタイユの論考「ヘーゲル、死と供犠」を参照のこと）の顔と顔の不在に近い。じっさい我々の顔はそういうものだろう。各人の面差しは、その人だけの個性を表していると同時に、その人の個性では説明しきれない緊張や弛緩を呈している。

ともかくブランショは、バタイユがコミュニケーションに賭けていたことを、それもこのような主客の曖昧さに気をつかいながらそうしていたことを、『明かしえぬ共同体』のなかで繰り返し報告するのである。一九四〇年代、そして五〇年代にも、ブランショは交わりよりは孤独を、生よりは死を強調していたのだが、ジャン゠リュック・ナンシーのバタイユ論「無為の共同体」（一九八三年二月、『アレア』誌第四号所収）に触発されたこの『明かしえぬ共同体』所収の論考「否定的共同体」ではむしろ熱い口調でバタイユのコミュニケーション論、つまり有形の共同体を持たない人々の共同体について語っている（なおブランショのこの論考の標題はバタイユの『内的体験』の草稿の次の言葉からとられている。「ことに共同体の不在を再検討し、否定的共同体、すなわち共同体を持たない人々の共同体の考えを強調すること」（ガリマール社刊『全集』第五巻、四八三頁）。

「ジョルジュ・バタイユの名前は、彼に疎遠な読者の多くにとっては恍惚の神秘神学だとか恍惚体験の非宗教的な探究を意味しているのだが、しかし印象深いことに彼自身は「何らかの集合的実体へ融合しおおせること」（ジャン＝リュック・ナンシー）を排除していた（いくつかの曖昧な文章は別にして）。そのようなことを彼は深く嫌悪していた。銘記すべきなのは、彼にとって重要であったのは、すべてを忘れる（自分自身をも忘れる）恍惚の状態よりもむしろ或る困難な歩みの方だったということである。この困難な歩みとは、不充足でいる生を賭けに投じて外に放りだし、それでいてその不充足さを断念しないという動きなのである。その歩みはまさに、内在性を滅ぼしながら同時にまた超越性の諸々の日常的な形態を滅ぼしてゆく動きなのである（『明かしえぬ共同体』、ミニュイ社、一八―一九頁）」。

バタイユの内的体験は主体と客体の深いコミュニケーションのことなのだが、それは主客の単なる溶融のことではない。当の客体が神の国のような絶大な「集合的実体」であっても、主体はそれに飲みこまれてゆくことはない。融合という内在性は否定されている。さりとて主体と客体という個的な存在、つまり我々の日常的な超越性も否定されている。いや否定されているというのは正しくない。ブランショに抗（あらが）って、こう言うべきだ。内在性も超越性もともに肯定されて生きられるというのが、先に引用したバタイユの文章に則しての内的体験の実相なのである。

生の全容を肯定する。推論的思考の奴隷になっている個人の生も含めた多様な生を肯定することこそ、バタイユの内的体験の際立った特徴なのである。推論的思考が滅んでしまうのではない。逆に生き生きした生の一つの相貌になって、笑い、エロス、怒り、涙等の相貌とせめぎあいながら共存するのである。この生の全容のことをバタイユは「シェークスピア風悲喜劇的総和」(『ニーチェについて』「序文」)とも形容した。ともかく内的体験において主体と客体は、そのように人間の多様な面を示しながら交流する。

ブランショのバタイユ論「否定的共同体」はすぐれた論考であるが、バタイユそのものではない。ちょうど内的体験において主客が溶融しつつも、完全には溶けあわないでそれぞれの個性を、相手への固有の意識を、保持しているように。

第3章

『空の青』（一九三五年制作、五七年出版）

――空と大地の抱擁

美しい場面

バタイユの小説のなかで美しい場面をどれか一つあげよと言われたら、私は迷わず『空の青』のクライマックスをあげる。

美しいといってもバタイユのことであるから〝きれい〟ではない。身の凍るような夜の野外で男女が泥まみれになって交接する場面である。おまけに眼下には墓地が広がる。場所は、モーゼル河畔のドイツの古都トリーアの近くだ。

男女はスペインのバルセロナからドイツのフランクフルトへ向かう途次、トリーアに立ち寄り、着いてすぐ町の外へさまよいでたのであった。十一月一日のこと。見降ろす墓地の群れにはロウソクが無数に点(とも)っている。その日が万聖節(Toussaint、キリスト教の全ての聖人を記念する祝日)であり、翌日が万霊節(le jour des morts)すなわち死者たちの日であったからだ。死がこの男女を愛欲へ駆りたてる。

道の曲がり角へ出ると、眼下に虚空が開けた。奇妙なことに、私たちの足下のこの虚空は、私たちの頭上の星空に劣らないほど限りがなかった。夜のなかで、無数の小さな明かりが、風に揺れながら、静かで不可思議な祭りをくりひろげていた。何百ものロウソクが、地の上で、夜空の星々のようにきらめいていたのだ。墓石の群れがロウソクに照らされながら、この地の上に、立ち並んでいたのである。私はドロテアの腕をつかんだ。私たちは、この弔（とむら）いの星々の深淵に魅せられていた。ドロテアは私に近寄った。長いこと、彼女は私の唇に接吻した。私にからみつき、私の体を激しく抱きしめた。彼女がこれほどに感情を高ぶらせたのは、久しくなかったことだ。私たちは、恋人たちがするように性急に、道からはずれ、耕地のなかへ十歩進んでいった。私たちの眼下にはあいかわらず墓地が広がっていた。ドロテアは身を開き、私は彼女の性器まで裸にした。彼女の方も、私を裸にした。私たちは柔らかい地面に倒れ込み、私は自らを彼女の濡れた肉体のなかへ押し入れた。ちょうど犂（すき）がうまく操（あやつ）られて大地のなかへ食い込んでゆくように。彼女の肉体の下で大地は墓穴（はかあな）のように開かれていた。彼女の裸の腹部も真新しい墓穴のように私に向かって開いていた。私たちは茫然自失となりながら、星の散らばる墓地の上方で性交した。ロウソクの一つ一つの明かりはそれぞれの墓のなかに白骨体があることを告げていた。そしてこれらの明かりは、揺れ動く夜空を、重なり合った私たちの肉体の動きと同じほど乱れ動く夜空を、作り上げていた。寒かった。私の両手は大地のなかへもぐってしまっていた。私は、ドロテアの下着のホックをはずしたのだが、指についていた真新しい土でその下着と彼女の胸をよごしてしまった。衣服から露出した彼女の乳房は月のような白さだった。ときどき、私たちは投げやりになって、ただ寒さに震えるがままになっていた。私たちの二つの肉体は、ちょうど上歯と下歯がカチカチ当たるように、震えていた。（『空の青』、

（「死者たちの日」の章、第四節）

死が愛へ導く

『空の青』は、一九三五年バルセロナで書き上げられ、バタイユが六十歳となる一九五七年に出版された恋愛小説である。

主人公の「私」の名はトロップマン。これは、フランスの犯罪史上に記される殺人鬼の名前に由来する。主人公の愛人はドロテア。泥酔し失禁するので、あだ名は英語で〝ダーティ（汚れた）〟だ。これだけでもう、尋常なカップルの話でないことが予想される。ほかに、女性思想家シモーヌ・ヴェイユ（一九〇九―四三）をモデルにしたラザールが登場するが、いつもカラスのように黒い服ばかり着て、手もよく洗っていない不吉で不浄な女性として描かれている。

主人公トロップマンは、ドン・ファン的な漁色家で、妻がいても、日々、放蕩三昧の生活を送っている。しかし愛人ドロテアの前ではどうにも不能に陥ってしまうのだ。それというのも、いかにドロテアが身持ちが悪く、きたない泥酔癖を持っていても、このうえない純粋さを湛えているようにトロップマンには見えるからだ。言い換えれば、ドロテアに死の気配が感じられないということであって、トロップマンは娼婦たちにはこの不吉な気配を覚えるため、彼女たちとの交渉がやめられずにいる。死の不吉さとエロティシズムを結びつける彼の妄執は、死姦の強迫観念にまで進展している。

この小説の前半の舞台は、ロンドン、次いで夜のパリだ。話しはもっぱら主人公トロップマンの深酒、懊悩、嗚咽、病床での悪夢、サド的な悪事などの間を行き来する。建設的とか生産的といった立派な人間性とは程遠い濁った星雲状の気分のなかを、読者はいくら頁をめくっても泳がされる。バルセロナに舞台が移ると、武力衝突という社会の騒擾も加わって、小説の雰囲気はいっそう混迷の度を深める。青空のなか（青はバタイユにとって死の色だ）飛行機で到来するドロテアも病人のように青白い面相で、以前よりもずっと死者に近い。彼らはやがてドイツに旅立つが、そこはすでにナチス軍事政権の支配する場になっていて、武器、軍服等、死の予兆に満ちている。両者はフランクフルトの駅で別れ、トロップマンはどしゃぶりの雨のなかでひとりむせび泣いて小説は終わる。先に紹介した一節はこの直前の場面である。彼らは、モーゼル河畔、トリーアの対岸沿いをさまよい歩くうちに、見晴らしがきく傾斜地に出て、墓石にロウソクの火が点る広大な墓地を発見するのである。

その日、十一月一日は万聖節にあたっていた。万聖節は、翌日の万霊節と混同され墓参の習慣があるが、何よりもこの十一月一日、およびその前日の十月三十一日夜は、ケルトの古い信仰における四大祭日の一つ、すなわち死の神サムハインを称える祭日であって、死者たちの魂が火に導かれて家に帰ると信じられていた。ちなみにモーゼル河の渓谷地帯はかってケルト人のトレウェリ族（Treveres）の居住地で、そこからトリーア（Trier）というドイツ語の都市名（フランス語では

Trèves）が生まれた。

ともかく十一月一日は死者たちが甦る日だった。ドロテアは今や生と死の境をさまよう死者たちと同じになり、生きながら死の気配を漂わせて、トロップマンを交接へ導く。トロップマンも女の肉体に墓穴を見て、ようやく不能から脱するのである。

死と生の混濁

土の横たわるこのドロテアの誘惑はまた、母なる大地からの誘惑でもあった。

バタイユは、『空の青』執筆の二年後にギリシャ悲劇に関する短いテキスト「悲劇＝母」を発表しているが、そのなかでこう語っている。

演劇は、腹部の世界に、深い大地の地獄的で母親的な世界に、地底の神々の暗い世界に、属している。人間の生は、母親の胎内の強迫観念からも、死の強迫観念からも、逃れられない。人間の生は、自分を生み出しまた自分が帰ってゆく湿った大地を否定していない限り、悲劇的なものに結びついている。最大の危機とは、暗い地底のことを、覚醒した人間たちの誕生によって引き裂かれた地底のことを、忘却してしまうことだ。最大の危機とは、人間たちが眠りと悲劇＝母の暗闇のなかでさまようのをやめて、有益な仕事に完全に隷従するようになってしまうことなのだ。（……）地下の迷宮の暗闇のなかでは、死と生が、静寂と雷鳴のように、互いに引き裂きあっている。（「悲劇＝母」、拙訳『ランスの大聖堂』所収）

バタイユにとって、死の気配とは、「有益な仕事に完全に隷従する」人間を不安に陥れる何ものかである。この不安に耐えられず有益な仕事に舞い戻ってそれに専念するならば、有益さ、打算、策略で満ちているだけの味けない生しか得られなくなる。

逆に、この不安、つまり無益さ、空無感に対する不安に耐えるならば、真に躍動する生へ、「生と死が引き裂きあっている」未完了の底知れぬ生命空間へ開けていく可能性がでてくる。

ここから単純に、バタイユの思想を母胎回帰だとか大地母神信仰などと片づけてはならない。バタイユはたしかに、母、大地、闇といった概念を簡単に繰り出すが、しかし、それらの概念は切り開かれて、自らの不分明な内実が現れ出ることを待っている。

たとえば一九二〇年代にシュルレアリストたちがサドを持ち上げたとき、その光景は、バタイユには、サドの文学的利用、サドの去勢化と映ったのだった。自分たちの文学理論にサドを奉仕させるのではなく、〝サドのなかへ入れ〟、〝サドと同じ欲望を生きて生と死の隣り合う境でさまよえ〟、バタイユはそう提言し、これを自ら実践したのだった。

小説『空の青』は、そのようなバタイユの実生活の写し絵にほかならない。その意味ではまた、小説の舞台がロンドンからトリーアへ、すなわちマルクスの死処から出生地へ遡っていることも意義深い。バタイユは一九二〇年代から三〇年代にかけて左翼の政治運動に同調していたが、その際もイデオロギーに硬化し死したマルクス主義ではなく、マルクス主義の出生地たるマルクスの欲望へ、転覆の欲望へ帰れというのがバタイユの叫びだった。

聖なる神の内実へ

母なる世界からの誘惑ということでは、バタイユの遺作の小説『わが母』の主題がまさにそれである。淫蕩な母親エレーヌが、敬虔な息子ピエールを性の世界へたくみに導き、ついには母自身との近親姦へ誘い込むという話だ。

重要なのは、ピエールが、性の世界へ埋没してゆくにつれ、キリスト教の神概念への理解を深めてゆくことであるが、まずは小説末尾（ただしこの小説は未完成であるが）の母の言葉を読んでおこう。場面は娼館の室内で、母は狼の仮面をはずして、息子にこう語りかける。

――もう何も考えずに、私を抱くのよ。おまえの口を私の口の中に入れてちょうだい。今、この瞬間に幸福になるのよ。まるでこの私が破滅し身を持ち崩してなんかいないかのように。私はおまえをこの死と堕落の世界へ入らせたい。私がこの世界に閉じこめられていることはおまえもすでに感づいていることでしょう。おまえがこの世界を好きになるだろうことは分かっていました。今すぐ私といっしょに狂いだしてほしい。私の死の中へおまえを引きずり込みたい。私がおまえに与える狂気は、ほんの短い瞬間のものでも、世間の連中が寒気を覚える愚劣の世界に匹敵するものでないかしら。私は死にたい。《退路は断ってしまった》のです。おまえの堕落は私の仕業(しわざ)でした。私がおまえに授けていたのは、私が持っていた一番純粋で暴力的なものでした。つまり私から衣服をはぎとるものだけを愛したいという欲望だったのです。さあ、これが最後の衣服です。(『わが母』)

母親はこう言って全裸になり、息子ピエールの目の前に横たわるのだが、息子は以前からそのように逸脱した母に神を感じていた。

母の極悪非道の淫(みだ)らさは、それと同じほどおぞましい僕の淫らさとともに、神に似ていると僕には思えた。それは、完全な暗闇が光に似ているという意味でのことだ。僕はラ・ロシュフーコーの簡潔な文章を思い出していた。《太陽も死も直視することはできない……》。僕には死は太陽と同じほどに神的に見えていたし、罪のさなかの母は教会の窓越しに見える何ものよりも神に近いと思えた。(『わが母』)

晴天の真昼時の太陽はあまりに強く光輝いているため、少しでも見つめると目まいがして気分が悪くなる。同じように死体も不気味で正視に耐えない。他方で、教会の窓越しに見えるイエス像やマリア像はおおむね穏やかに善や慈愛の観念を表現していて、正視に耐えないということはまずない。だがその穏やかさ、さらには荘厳さ、厳しさは、正視に耐えないものへの拒絶を暗に示している。

> 神とは、かっても、現在も、将来においてもおぞましいものへの私の内部での恐怖心のことである。そのおぞましさがあまりにひどいために、私は、そのものがかっても、現在も、将来においても存在し続けることを何としてでも否定せねばならず、また否定していることをあらん限り叫んでいなければならないのである。（『わが母』）

神はおぞましいものへの恐怖である。神を探ってゆけば、だから、おぞましいものへ行き当たる。母エレーヌがまさに体を張って息子を引きずり込もうとした「あの死と堕落の世界」こそ、この神の深き内実にほかならない。

　バタイユは、神を定義するに、「おぞましいものへの私の内部での恐怖心」とし、内的体験の次元を前提にしている。これは、キリスト教神、すなわち世界を越えて存在するとされるこの超越神が客観的に実在するとは思えないという彼の判断による。神は、人が何かしらおぞましいものに触れ、自分の身の安全を必死にこいねがうときにその人の心の中に現れる主観的な現象にすぎないということだ。

極限で見える連続性

歴史的に見て、中世のヨーロッパでキリスト教化が進んだとき、推進役の教会側は異教すなわちケルトなどの土着の自然崇拝と妥協する方途をとった。ただし妥協とはいっても、土着の信仰の上に覆(おお)いかぶさって表向き土着の信仰が見えないようにしたのである。なぜそうしたのかというと、土着の信仰をそのままにして横にキリスト教信仰を開けば全体として多神教の眺めになってしまうからだ。あくまで一神教を建て前にするキリスト教にはこれはどうにも容認できない光景だった。それゆえ、ケルトの聖所の上に教会堂が建てられ、そのなかでケルトの神々は悪魔の衣を着せられ、またケルトの祭日の上にキリスト教の祝日が重ねられたのである。

キリスト教の表向きの衣装に翻弄されず、その奥を眺き込めば、ケルトなどの古い自然崇拝の相に行き当たる。そこにおいては、光と生を天国、闇と死を地獄として峻別する見方はもうない、ブレイクの詩句にあるように「天国と地獄の結婚」が実現されていて、生は死と、光は闇と連続している。

この生命の極限の感覚は、『空の青』のクライマックスでトロップマンとドロテアを魅了した星空と墓地の区別が消えてゆく感覚、空と大地の識別が消えてゆく感覚である。

抱擁しあっているのはトロップマンとドロテアの肉体だけではない。この世の生命界は、深奥においては、ものみな抱擁し交接しあっている。ちょうど浜辺の砂が、海水と、風と、貝たちと交わりを繰り返しているように。

バタイユを読むとは、誰しも少くとも幼少時、思春期に実感したことのあるこの広大な生命界の深みを再度感覚し、その感覚の中へ転落してゆくことだ。神、母、サドなどの用語を門にして、その奥の夜の神殿へ迷い込んでゆくことだ。

【邦訳】 伊東守男訳『空の青み』(二見書房)

《バタイユに魅せられた人々》

コレット・ペーニョ（一九〇三―三八）

小説『空の青』に描かれているドロテアとトロップマンの恋愛は、コレット・ペーニョとバタイユの恋愛が下敷きになっている。

コレット・ペーニョの正式な名称はコレット＝ロール＝リュシエンヌ・ペーニョで、この名前のなかのロールが彼女の愛称になる。ペーニョ家はパリ近郊のムードンで活字製造工場を営む裕福な家柄であったが、第一次大戦でロールの父、そして三人のおじが死去。大戦後の彼女は、ペーニョ家の厳格で伝統的な家庭環境を嫌って出奔。その後、左翼知識人との恋愛、その悲劇的な破綻、自殺未遂、結核罹病、糞尿趣味（スカトロジック）のドイツ人作家との同棲、ロシアへの単身放浪、貧農たちとの共生、入院、本国送還とすさまじい青春を送った。

身心ともぼろぼろになったロールを極左の活動家ボリス・スヴァリーヌ（一八九五―一九八四）

が救う。スヴァリーヌは、愛人としてロールと同棲しながら、父親役も務めて、彼女の精神の建て直しをはかった。と同時に、自分が指導する政治結社《民主共産主義サークル》の機関誌『社会批評』の出版資金を彼女の相続遺産に負うてもいた。バタイユはこのサークルに所属し論文の寄稿を考えていた。

バタイユが初めてロールに合ったのは、その頃、つまり一九三一年頃のことである。サン・ジェルマン・デ・プレのカフェー〈リップ〉でバタイユは妻シルヴィアを伴いながらも、スヴァリーヌの横のロールに強い印象を覚えたのだった。「その最初の日から私は、彼女と私の間には完全な透明性があると感じた。最初から彼女は私に全面的な信頼感を引き起こした」（ガリマール社刊『バタイユ全集』第六巻所収の「ロールの生涯」）。

たいへんな執心ぶりである。しかしバタイユが本格的にロールを追い求めるようになるのは一九三四年七月からのことだ。スヴァリーヌはチロル地方への旅行を企て、車の運転ができるバタイユを重宝（ちょうほう）がって彼を同行させたのだが、これがいけなかった。バタイユはロールと密会し、彼女を逃避行へ誘ってしまう。

そのロールははたしてバタイユをどう思っていたのだろうか。近年出版された彼女の書簡集『決裂　一九三四』によると、スヴァリーヌとバタイユの間で引き裂かれた思いに苦しんでいたようだ。スヴァリーヌ宛の手紙ではこの救済者への恩義も混ざってか、バタイユを「自分の生活から遠ざけねばならない化け物」とみなし、「彼が私を愛している」のは十々承知しているが逆に「私が彼を愛している」とはバタイユにも他の誰にも断じて言えないと言い切る。バタイユの人生観も書き物もまったく理解しえないとも。

だがその一方でこんな告白をスヴァリーヌにしてしまう。「私は彼と性の交わりを持つことはできます。いえ、単にできるだけではなく、私はそれを望んでさえいるのかもしれません。ただし自分からあえてそうしようとは思いませんが」(『決裂　一九三四』)。

結局ロールは、スヴァリーヌとバタイユの間で、治療を要するほどに精神に混乱をきたしてしまい、両者から離れたところでの隠棲を余儀なくされる。が、以後彼女の心を支配してゆくのはバタイユなのだ。

「ざらざらとした凍(い)てつくような孤独がまた私にやってきました」とあるバタイユ宛の彼女の書簡には、次のように美しい言葉が綴られている。

私たちは虹のなかで再会することになるでしょうと私があなたに言うとき、その再会は私にとって火と同じほどに熱いのです。ジョルジュ、分かるでしょう？　あなたと私は、高揚させる何かがないと真には生きてゆけない。もしも日常の生活のなかで急にその高揚させる何かがなくなったり足らなくなったりするように思われると、私たちはあまりにそれを欲してしまう。でもその〝あまりに〟というのが、私たちには分かってのとおり、むきだしで真実なのよね。私が生きているあいだじゅう絶えず私のことを思いだしてくれるから、わたしはあなたを愛しているのよ。

ロールはもはやバタイユと透明に交わっている。

両者は一九三五年から同棲しはじめるが、そのときすでにスヴァリーヌの《民主共産主義サークル》は決裂し、解散に追い込まれていた。バタイユは自ら宗教的秘密結社《アセファル》を創設し、聖なるものの探求へ向かう。ロールとの恋愛は、この探求の核になっていたと言ってよい。死の気配を前にして個の体制が半壊し生命の力の交わりが生じる。ロールとの間で知ったこの聖なる共同性の体験は、一九三八年肺結核でロールが死去したあとも、バタイユの思想の主題になっていった。バタイユは、ロールの追憶を例えば『有罪者』(一九四四)、『ニーチェについて』(一九四五)のなかに撒(ま)き散らしながら、彼女との出会いで切り開かれた〈交わり(コミユニカシオン)〉の地平を、どの思想家よりも深く分け入っていったのである。

▲コレット・ペーニョ

第4章　『有罪者』（一九四四年）

――役立たずの男の罪の意識

罪の意識

『有罪者』は、一九四四年に出版された断章形式の思想書で、六一年『ハレルヤ』を加えて『無神学大全』第Ⅱ巻として再版された。

『有罪者』の執筆期間は、第二次大戦勃発直後の一九三九年九月から四三年一〇月にかけてである。ただし四一年九月から四二年九月までは中断されて、『内的体験』、『マダム・エドワルダ』等が創作された。

戦争の開始とともに付け始められたバタイユ自身の日記がこの作品のもとになっている。主題は、聖なるものの神秘的体験であるが、この体験は、より詳しく言えば、戦争という混乱・裂け目から望まれる世界の深奥および人間の内奥と恍惚状態でコミュニケートすることを内容にしている。恍惚（エクスターズ）（ek-stase）とは「自分の外に立つこと」であり、バタイユの場合、自我を半壊させながら自我の外へ意識を遊ばせるということである。そうして得られるコミュニケーションは、当人にとっては善悪の混濁した流れであるが、傍（はた）から見れば、健全な近代人の自我およびそのための既成秩序を破る悪しき行為となる。当人でさえ、この瞬間的なコミュニケーションの前にはそう考えていたし、また後にもそう考え、自分を有罪者とみなすようになる。

心が引き裂かれるなかに交流(コミュニカシオン)を捉えている者にとっては、交流は罪であり、悪である。交流は既成秩序の破断なのだ（『有罪者』「好運」の章、第一節「罪」）。

一人の男が熟年になり——あるいは年老いて——多少なりとも死に近づいている。〔……〕この男は、恍惚、好運、笑いといった窮極の可能性を、不安のなかで、探究する。彼は、目まいのするような急斜面を、苦労して、精も根も使い果しながら、よじのぼってゆく。その頂きに達すると、彼は、これらの可能性がただそれだけのものにすぎないということに気づく。それから彼は、彼とそっくりの人々、自分は彼らの使者なんだと思っていたその人々の方に振り返ると、皮肉にも、彼らから離れてしまっている自分を発見する。彼らからすれば、頂きに到達することは過ちなのであり、彼はその過ちのために有罪者になってしまったのだ。（『有罪者』初版のときの作品紹介文）

罪、過ちといっても、法律を犯すということではない。バタイユはむしろ犯罪を憎んでさえいる。「私は無政府主義(アナーキスム)には怒りを覚える。とりわけ普通法〔政治法以外の刑法〕の違犯者を擁護する俗悪な教説には腹が立つ」（『ニーチェについて』「序文」）。

バタイユが問題にしているのは、罪の意識であり、その罪とは、近代人の生活基盤になっている考え方を犯すということなのである。そしてこの罪のうちでバタイユが『有罪者』の執筆以前から最も気にしていたのが、無用性の罪であった。つまり近代社会において何の役にも立たない人間であることの罪であった。

使いみちのない男の言い分

バタイユがこの無用性の罪を強く意識するようになったのは、一九三四年、アレクサンドル・コジェーヴ（一九〇二―六八）のヘーゲル講義に出席してからのことである。

コジェーヴは、ヘーゲル（一七七〇―一八三一）の初期の代表作『精神現象学』（一八〇七）を取りあげて、ヘーゲルの弁証法が「行動（アクション）」という企てに則した生産的な行為、つまりは役に立つ行為に導かれることを強調した。とくに彼は、マルクス主義的な観点から、この「行動」を人類史を革新し完成させる行為、すなわち「世界的で同質的な〔階級差のない〕国家」の建設をめざして既存の社会をどんどん変えてゆく行為と捉え、「行動」の必要性を力説した。

一九三〇年代のバタイユは、思想の面でも、私生活の面でも、かなり混乱していた。コジェーヴは、ヘーゲル以上に、欲望、虚栄、死といった不合理な問題を扱ったが、しかし、最終的には理性の勝利を語っていた。理性の高さ、強さを説き明かすコジェーヴを前にしてバタイユは、非理性に埋没する自分は人間として失格なのか、そうではなくむしろ人間の生の窮極の相は今の自分のような非理性の夜なのではないか、と根源的な問いを自らに発していたのである。

コジェーヴのヘーゲル解釈を学んだバタイユは、「歴史の完了」、「頂き」といった人間の可能性の極限を表わす概念を用いるようになる。そしてその彼方に、何の役にも立たない否定と破壊の情念を、その夜を、位置づけてゆく。

> 私はロマンチシズムを憎む。私の頭脳は、存在するなかで最も強靭な頭脳に属する。私のなかの無秩序は使いみちのない力に由来する。私はX氏宛ての手紙を引き裂いた（あるいは紛失した）。そのなかで私は、歴史が完了すると、否定性は使いみちがなくなるだろうという考えを書いておいた。否定性とはすなわち既成秩序を覆す行動（アクシオン）のことである（ヘーゲルが問題になっていた）。使いみちのない否定性は、これを生きる者を破壊するであろう。供犠が歴史の曙を明るく照らしたのと同じに、歴史の完了を輝き渡らせるだろう。（『有罪者』「現今の不幸」の章、第一節「大移動」）

この手紙は、バタイユが一九三七年一二月にアレクサンドル・コジェーヴ宛てにしたためたものである。結局見つかって『有罪者』の末尾に添えられた。その冒頭部分を引用しておく。

> 今後、歴史は完了する（破局は別にして）。私はこれを（ありえそうな仮説として）認めます。しかし私はあなたとは別なふうにものごとを思い描いているのです……。

いずれにせよ、多くの配慮とともになされた体験から私は、自分にはもはや何一つ《する》ことがないと考えるに至ったのです。（私はこのことをなかなか容認できずにいました。御存知のように、私は、努力の果てにしか断念に至れなかったのです）。

こうなると、もしも行動（何かを《する》こと）が、ヘーゲルの言うように、否定性であるならば、次のような問いが発せられることになります。すなわち、《もはや何一つすることのない》人の否定性は消滅してしまうのか、それとも《使いみちのない否定性》の状態で存続するのか、という問いです。私個人としては、このうち後者の観点でしか結論をだすことができません。というのも、私自身、まさしく《使いみちのない否定性》であるからです（私はこれ以上正確に自分を定義できません）。私は、ヘーゲルがこの可能性を予想していたことは認めます。しかしヘーゲルは、彼が記述した弁証法の行程が終わったところにこの可能性を位置づけてはいませんでした。私は、自分の生――もしくはその破綻、もっと正確に言えば、私の生という開かれた傷口――が、それだけですでに、ヘーゲルの閉じられた体系への反論になっていると思います（『有罪者』「補遺」）

バタイユは、引き裂かれて何一つ使いみちがなくなった自分の生が、ヘーゲルの閉じられた体系への反論になっていると考える。どの限りでそうなのか、ヘーゲルの世界を少しのぞいてみよう。

生命と体系

生命はどのような動きを呈しているのだろうか。ヘーゲルは、対立、分裂を乗り越えて合一へ向かう動きが生命の本質だと考えていた。それが愛であり、理性であり、現実であるとも。逆に、対立、分裂、分離を続けることは非現実であり、抽象的であり、死にほかならないと考えていた。

ヘーゲルの弁証法は、この世の全体を包摂することをめざす。だから、非現実的で抽象的で、死にほかならない分離・分裂の状態をも体験しようとする。「死を避け、荒廃から身を清く保つ生命ではなく、死に耐え、死のなかでおのれを維持する生命こそが精神の生命である。精神は絶対の分裂に身を置くからこそ真理を獲得するのだ」(『精神現象学』「序論」、長谷川宏訳)。バタイユが愛好していたヘーゲルの文言である。

ヘーゲルの弁証法の主人公「精神」は、二つの否定をおこなう。コジェーヴはこの二つを合わせて「行動」とし、ヘーゲルの「否定性」と捉えていた。バタイユも、「行動」即「否定性」と語ったりしているが、『有罪者』の「補遺」所収の断章を見ると、この二つの否定を「疑問への投入」と「行動への投入」に峻別し、対立的に捉えている。それによれば「行動への投入」とは、対象を新たな物に造り変えて所有する活動のことで、一般的には労働と呼ばれ、知的、政治的、経済的など様々な面を持つ。一つの完結した(閉ざされた)体系をめざすのがこの活動の特徴であるが、

「疑問への投入」はその体系構築を破る行為として、つまり物を壊したり失ったりする非生産的な行為として、この活動に対立している。供犠、笑い、詩、恍惚などがこれにあたる。「使いみちのない否定性」とは具体的には、これらの破壊衝動に導かれた行為を指す。

が、ともかく、ヘーゲルの弁証法の場合、「精神」は、第一の否定によって「絶対の分裂」の状態へ、非理性のパニック状態へ、達する。非理性の夜を生きるバタイユの「使いみちのない否定性」は、この第一の否定に近い。「私は、ヘーゲルがこの可能性を予想していたことは認めます」。先の書簡にあったバタイユの言葉だ。

しかしヘーゲルはこの破壊的な否定を第二の生産的な否定につなげて用立ててしまった。使いみちを与えてしまったのである。第一の否定をそのままに肯定しないで、第二の否定のためにあるように、その前段階に、設定してしまったのだ。「ヘーゲルは、彼が記述した弁証法の行程が終わったところにこの可能性を位置づけてはいませんでした」。同じく書簡にあったバタイユの言葉だ。

かくしてヘーゲルの「精神」は、分裂を否定して、合一へ達する。自己を回復するのである。もちろんこの自己は、「絶対の分裂」以前の素朴な自己ではない。死の危機を体験し、死の恐ろしさと合一への尊さを学んだ自己である。第一の否定を否定する第二の否定は「否定の否定」と呼ばれるが、この否定はそれ以前の苦渋の体験を否認するのではなく、これを記憶し保存する。「止揚（しよう）〔Aufheben〕」するのである。「精神」は、こうして内容を豊かにし、高次のレヴェルへ成長を遂げて、自己完結する。近代人としての自我を確立するのだ。じつは、この目的のために「絶対の分裂」の体験はあったのである。〝かわいい子には旅させよ〟と同じで、四分五裂に引き裂かれる危機的体験には、近代人の確立のための教育的な配慮が働いていたのだ。あらかじめヘーゲルという近代の大人によって、教育的な「使いみち」が用意されていたのである。

新たなヘーゲル像のなかで

ともかく、ヘーゲルの弁証法の最終段階で「精神」は、多くのことを学んで自己を完成させるのであるが、それはまた「精神」の哲学（ヘーゲルにとってそれは西洋文明全体の哲学が意味されていた）の体系が完成され閉じられるということでもある。体系は閉じられる。が、はたして「精神」は、ヘーゲルは、それに成功したのだろうか。

近年、ヘーゲル研究は大量の草稿の読み込みが進んで、既存のヘーゲル像を取り下げるに至った。「体系の哲学者ヘーゲル」は崩落したというのだ。体系構築に挫折し続けた哲学者、体系の完全性に充足し安らぐことなどまったくできなかった哲学者。これが新しいヘーゲル像であるらしい。まるで第二の否定を終わらせようとしたところに別種の否定が現れたかのようである。「使いみちのない否定性は、これを生きる者を破壊するであろう」と先のバタイユの引用文にあったが、この破壊的で非生産的な否定にヘーゲルは終始見舞われていたかのようなのだ。合一としての生命は、不合一の側から眺め続けられていた幻影であったのか。ヘーゲルの見果てぬ夢であったのか。

が、たとえそうだったとしても、ヘーゲルが体系の完成を志向し続けていたという事実は残る。ヘーゲルが求めていた生命の合一、それはあくまで多種の個的要素の有機的結合だ。個が個であり続けながら相互にその価値を承認しあう結合なのである。これは、ヘーゲルの神学的側面を切り捨てたコジェーヴの「歴史の完了」説、彼の「世界的で同質的な国家」においても変わりはない。確立した個人がこの国家の構成要素になっている。

バタイユはヘーゲルとは異なった生命観、コジェーヴとは異なる歴史観を持っていた。バタイユの生命観とは、過剰なエネルギーが浪費されてゆくなかで個の壁が打ち消され、すべてが融合しつつ流れてゆくというものだ。人類の歴史も、どこにも収束しない有為転変の波浪の連続ということになる。バタイユには「荒々しい波の連続しか見えない。諸時代の底から際限なく現われては、もろい絆や硬直した言葉を圧倒して通り過ぎてゆく、そういう荒々しい波の連続しか目に入ってこない」(『有罪者』「現今の不幸」の章、第二節「孤独」)。

夜への誘い(いざな)

それにしてもバタイユは、使いみちのない男と自認し罪の意識を持ちながら、それに臆せず、自分が体現する生命の無用性をヘーゲル哲学への反措定として打ち出し、そのことを書簡でヘーゲル学者に伝えようとしている。さらに、消失したかに思えたその書簡を探しだしてきて、自著の末尾に加え公表までしている。

そこには、生命の無用性という罪ある事態を、語るに足る価値として、他者の承認に値する価値として、肯定しているバタイユがいる。バタイユが好んでいたヘーゲルの文言はこう締めくくられていた。「精神が力を発揮するのは、まさしく否定的なものを直視し、そのもとにとどまるからなのだ。そこにとどまるなかから、否定的なものを存在へと逆転させる魔力がうまれるのである」(『精神現象学』「序論」、長谷川宏訳)。バタイユもまたこの精神の魔力に従って、つまり理性の強力な力に従って、心の引き裂かれる否定的な夜を、肯定すべき価値へ転換してしまったのだろうか。

もとよりバタイユは、自分の内にも精神の魔力がしっかり棲息し、その働きをやめずにいることを知っていた。だがその魔力に唯唯諾々と従って、不合理を合理的に語る哲学者にも、悪を神格化する黒い神学者にもならなかった。彼は自分が繰りだす言葉すら嫌悪していた。

私は文章を憎悪する……。私が肯定したこと、私が賛成した意見、すべて笑止千万で、しかも死んでいる。私は沈黙でしかない。宇宙は沈黙なのだ。

言葉の世界は笑止千万である。脅威、暴力、魅惑する力、それらは沈黙に属している。深い共犯関係は言葉には表現できない。(『有罪者』、「友愛」の章、第Ⅳ節「共犯者」)

『有罪者』の本文は断章に寸断されている。各断章のなかの文章も、言い残しがあったり叫びのように短かかったりで、引き裂かれている。たしかにそれは、言葉で成り立っている以上、「絶対の分裂」の沈黙そのものではない。しかしその「脅威、暴力、魅惑する力」にすでにかなりの程度侵されている。

『有罪者』におけるバタイユの言葉は、理性の力への苦渋に満ちた従属と、非理性の夜の気配とが交錯する混濁した流れだ。バタイユが読者に求めている友愛は、この濁流を単純化せずそのままに下ってゆき、ときにその底へ降りていって、脱近代の共犯者としてバタイユの沈黙せる生命とコミュニケートすることなのである。

【邦訳】　出口裕弘訳『有罪者』(現代思潮社)

《バタイユに魅せられた人々》

ピエール・クロソフスキー（一九〇五―二〇〇一）

クロソフスキーが、小説家、思想家、翻訳家、画家と自分の多様な面を作品として広く世に示すようになるのは、第二次大戦後のことだ。大戦中には、キリスト教の修道院で瞑想と神学研究にふけっていたのであり、それ以前の一九三〇年代後半には、バタイユの主催する政治団体《反撃》、そして宗教的秘密結社《アセファル》、聖性をめぐる研究発表会《社会学研究会》に参加していたのだった。バタイユに大いに魅せられて、行動をともにしていたのである。当時を回想して、クロソフスキーはこう告白している。「バタイユはたいへん強烈な存在感を発していたのであり、彼が私に最初から並外れた影響力を持っていたことは否定しようもないことです」（ジャン＝モーリス・モノワイエ著『画家とその神霊、ピエール・クロソフスキーとの対談』、一九八五）。

クロソフスキーは生涯に四本ほどバタイユ論を書いている。そのなかでクロソフスキーの思想においても重要な意味を持つのが『クリティック』誌のバタイユ追悼号（一九六三）に発表された「ジョルジュ・バタイユの交流（コミュニカシオン）におけるシミュラクルについて」である。

この論文でクロソフスキーが注目しているのは、バタイユが用いた〝罪〟〔péché〕という言葉だ。詳しく言えば、一九四四年三月、『有罪者』の出版と軌を一にしておこなわれた「罪についての討論」で彼が主題にした言葉である。この討論は、とりわけサルトル、ヘーゲル学者ジャン・イポリットらの哲学畑の人間とバタイユのやりとりが白熱していて面白い（邦訳は『バタイユの世界』青土社刊に収められている）。脱自（エクスターズ）体験としての交流に〝罪〟を、さらには虚無（ネアン）、悪を覚えるというバタイユに対し、前者二人は、これらの概念を使用するバタイユの態度が曖昧だと論難してゆくのである。〝神の死〟を前提にしているのになぜバタイユはキリスト教色の濃厚な〝罪〟という言葉を使うのか、バタイユは虚無を我々の存在の内に見ているのか外に見ているのか、というように。交流を罪とみなす一般の道徳を容認していないのだから、「あなた〔バタイユ〕が罪を犯しても、一般の道徳はあなたをさほど苦しめないはずだ。したがって罪はもっと不安を与えなくなるし悲劇的でもなくなる」。このサルトルの指摘に対しバタイユはこう応答している。

> 実のところを言うと、あなた〔サルトル〕は論理的な意味を過大に捉えるという罪を犯しているように私には思える。論理は我々が単純な存在であるように要求しているが、我々はそのような単純な存在ではない。論理は、我々が左右に分かれることを要求し、また我々がこれを

右に、あれを左に置くことを要求するが、現実には我々はその右でもあるし左でもある。私のなかには、例えば他の人を殺害したならば、私がしたその行為を憎むべき行為とすぐさま感じる誰かがいる。その誰かは私のなかにしっかりといる。これは間違いない。ただし私は、殺人を体験したわけではないが……。もしも、そのような行為をすれば、一種の穴に落ちて、罪に相当するものを体験することになるだろうと私は非常にはっきり感じている。だがそれにもかかわらず、私は、穴に落ちて罪を体験するという可能性を侵犯して、その可能性の彼方を直視してゆくのである。ただしこの彼方は、私が持つことになるはずの罪の感覚、悪の感覚を確実に内包しているのだが。（『罪についての討論』、バタイユ全集第六巻、三四四―三四五頁）

クロソフスキーはこの討論会に参加していた。彼は、バタイユの発言の真正性をしっかり感じとり、それをバタイユ追悼号の論文で〝シミュラクル〟（simulacre）という用語に込めたのだった。〝シミュラクル〟は幻影、模像という意味のフランス語で、プラトンの〝ファンタスマ〟（phantasma）の訳語に使われている。『国家』でプラトンは画家を悪しき幻影製作者、つまり「本性から遠ざかること第三番目の作品を生み出す者」と非難した。例えば椅子の本性、つまり椅子とはこういうものだという椅子の全容の観念（イデア）は唯一かつ永遠不変であり、どの時代の人間も知力でこれを理解できる。職人は脳裏にある椅子の観念を模倣して椅子を作るが、その椅子は感覚界（感覚で触れることのできるこの世界）の事物がそうであるように唯一ではなく、永遠不変でもない。椅子の観念の不完全な一例、つまり〝幻影〟なのだ。画家は、椅子の観念ではなく、眼前のその〝幻影〟に見とれ、これを画布に模倣する。ただし描かれた椅子の絵は眼前の〝幻影〟の全容ではなく、一様相しか再現していない。より不完全な〝幻影〟なのだ。絵画は不完全な〝幻影〟のさらにまた不完全な〝幻影〟にすぎない。画家が観念を無視し、多様な事物が生滅流転する感覚界に気をとられているからそうなるのだとプラトンは考える。

クロソフスキーの〝シミュラクル〟は、プラトンのこの絵画批判と同じ構図のなかにある。ただし観念に不実で、感覚界に忠実であるからこそ〝シミュラクル〟は称(たた)えられる。〝シミュラクル〟は、観念を逸脱する悪しき感覚界の体験を忠実に模倣する記号なのだが、その記号の不道徳なほどの生々しさは、プラトンのように観念に執着する者には不快であり、逆に感覚界の内奥に心を開いている者には刺激になる。共犯関係への誘いになる。〝罪〟を始めとするバタイユの概念も、クロソフスキーに言わせれば、論理的思考を可能にする哲学概念ではなく、それを不可能にする哲学概念の〝幻影〟だということになる。「バタイユが概念それ自体に抱く軽蔑心はとくに「罪について の討論」、とりわけサルトル、イポリットとの討論のなかであらわになった。バタイユの回りの人間が〝概念〟を使ってバタイユを包囲しようとするのだが、そのとき彼は、明白な矛盾を示して、するりと逃げ去るのである。彼は概念のシミュラクルで語り、自己を表明しているのだ」（「ジョルジュ・バタイユの交流(コミユニカシオン)におけるシミュラクルについて」）。

この討論会で、サルトル、イポリットらがバタイユの概念を伝統的な哲学概念と同次元に置いて批判を加えてゆくのに対し、バタイユは、「概念を概念の彼方へ開かねばならない」と名言を吐いている。クロソフスキーの〝シミュラクル〟は、概念の次元に充足せず体験の世界へ出てゆこうとするバタイユの動き、語られた言葉にも出版されたテクストにもバタイユが常に持たせていたこの動きをよく反映している。

ただし留保も付けておかねばならない。絵画と言語を比較した場合、言語の方が観念の表現に適していることは否めない。言語の方が観念に近いのだ。クロソフスキーは、それゆえ、晩年になるにつれ、〝シミュラクル〟の生産を言葉ではなく素描でおこなうようになってゆく。先に引用したモノワイエとの対談集『画家とその神霊』も、活字になった自分の言葉への不信から刊行後ただちに出版を差し止め、以後は死ぬまで猥雑な素描の制作に専念し続けた。プラトンと逆行するようにである。

他方でバタイユは、言語を厳しく批判しながらも、終生言語を手放すことはなく、言語とその外部との矛盾を生きた。先の討論会でも、終了近くに司会役のガンディヤックが「イポリットとサルトルはあなた〔バタイユ〕の体験に対応しない純粋に抽象的な論理のなかへあなたを閉じ込めてしまった」と前者二人への批判を語ったのに対し、バタイユは「その次元からの異議申し立てを拒む理由は自分にはないし、自分の体験はその次元でさほど居心地悪くしているわけではない」と答えている。死の前年におこなわれたマドレーヌ・シャプサルとの対談で語られた彼の言葉も意義深い。「理想はプラトンのように書くことでしょう。私が見るところ彼は合理的な構築物をできる限り建てようと試みているのですが、その彼方に何かがあるのです……」。

バタイユは、言語によるコミュニケーションの可能性と言語を超えるコミュニケーションの可能性との共存、矛盾、葛藤を生きた。無神学とはそのような人間の幅のことなのだ。プラトンのように絵画を断罪することも、クロソウスキーのように言語を捨ててしまうことも、一神教の狭さに通じる危険性を持っている。

第5章　『エロティシズム』（一九五七年）

――生の矛盾

集大成の書

『エロティシズム』は、バタイユの後期の代表作である。この思想家の集大成の書と言ってもよい。出版されたのは一九五七年、もはや現代思想の古典とみなされたりする性の理論書だが、その現代的な意義はいまだ失われていない。

主題は、人間にとって性活動はどのような意味を持つのかということで、「無意味の意味」を合理的な文章(ディスクール)で明示するという後期バタイユのモチーフの流れのなかにある著作である。

一見して目につく本書の特徴は、性活動をただそれだけで扱わず、人間の諸活動との関係のなかで捉えてゆくという総合的な態度である。バタイユは、宗教学、文化人類学、社会学、先史学、生物学、精神分析学、芸術学、文学そして哲学と、じつに多様な分野に問いかけて、性の問題を考察している。

内的視点

この総合性を本書の第一の特徴とするなら、第二の特徴は内的視点の重視ということになる。バタイユはたしかにこれらの学問から得た知識やデータを紹介し、それを彼独自の概念で操作しているが、しかし一個の物体を扱うように外側からエロティシズムを把握し処理してゆくことはしない。逆にエロティシズムという対象のなかへ入ってゆき、誰しもが性の体験のさなかに示す不安、怖れ、渇望、陶酔、罪悪感といった心理的反応を問題にしてゆく。

これは、第二次大戦中に執筆、刊行された一連の聖性探究の書『内的体験』、『有罪者』、『ニーチェについて』ですでに徹底的に実践されていた姿勢を継承するものだ。

ただし本書『エロティシズム』では、バタイユの内的体験はこれら三作の〝体験の書〟のように具体的に披瀝されているわけではない。性に関する彼の内的体験は、むしろ小説作品（『空の青』、『マダム・エドワルダ』、『わが母』等）において、虚構のヴェールのもとに、具体的かつ自由に語られている。バタイユが小説作品を手がけた理由の一つがそのあたりに見えてくる。

《知》と主客の分離

いずれにせよ、内的体験を重視するバタイユの姿勢は、人文系の理論書を書く者にとって今なお真摯に受けとめるべき問題になっている。抽象思弁にふけっていたり、新資料の呈示にうつつをぬかしているだけでは、当の研究対象から、人間の重要な面から、遊離してしまうということだ。

フーコーは、《知（サヴォワール）》という言葉を使いながらこの遊離の動きを探究した。一九八〇年におこなわれた対談での彼の発言によれば、「私は、《知》〔savoir〕という言葉を、《認識》〔connaissance〕と区別して用いています。主体は、認識するということ自体によって変容を蒙る、もしくは認識するために行う労働の際に変容を蒙るのですが、私は、主体がそのようにして変容を蒙るプロセスを《知》のなかに見ているのです。それは、主体を変容させ、客体を構築させうるものなのです。〔……〕考古学という発想で問題になっているのはまさに、或る認識の形成、つまり固定的になった主体と客体の領域との関係の形成を、その歴史上の起源に立ち返って、すなわちこの形成を可能にする知の動きに立ち返って、据え直すことなのです」。この主客の関係の形成とは「例えば、理性的な主体として自分を構成しながら狂気を認識する。あるいは生き生きした主体として自分を構成しながら病気を認識するといったことです〔……〕。このようにして自分の知の内側へ自分が巻き込まれるということがいつも起きるのです。私はとりわけ、どのようにして人間が狂気、死、犯罪といった限界体験のいくつかを認識の対象へ作り変えたのかを理解しようと努力してきました。まさにそこにこそジョルジュ・バタイユの諸テーマが見出せるのですが、私は、それを西洋史と知の歴史という集合的な歴史のなかで据え直したのでした」（「ミッシェル・フーコーとの対話」）。《知》はこのように主客を別々の個体に切り離し固定してしまう。バタイユは、《非－知》（ノン・サヴォワール）〔non-savoir〕の思想家として主客の分離を否定し、エロティシズムという限界体験に内在して考察を進めた。

根源的な矛盾

本書の現代的意義という点では、この第二の特徴とともに、次にあげる第三の特徴が重要である。第一、第二の特徴が考察の仕方、進め方に関わっているのに対し、第三の特徴は考察され語られるに至った内容に関わっている。

それは、一言で言えば、人間がかかえもつ根源的な矛盾である。その矛盾は一つだけではない。いくつもある。性活動の局面で、それらが露呈しているのだ。しかも、本書が出版されて五〇年近くたつ今日においても、それらの矛盾はいっこうに解消されていない。いや何年たっても解消されることはないだろう。問題にすべきなのはむしろ、これらの矛盾を顧みようとしなかった近代的な人々の姿勢、とりわけ一九八〇年代の日本において本書を単純な図式に還元して処理したり活用した〝ポスト近代〟、〝ニュー・アカデミズム〟の旗手をもって任じる解釈者たちの依然として近代的な、いや近代的とも言えないほど安直な姿勢の方だろう。

ともかく性活動の局面に人間の本質的な矛盾が現れているのであり、しかもその矛盾の考察は今日でも意義を失っていない。エロティシズムの何たるかを知ることは、人間の何たるかを知ることであり、この大きな意味において本書は今なお重要な作品になっている。

人間がかかえる矛盾のなかでバタイユが第一に注目しているのは、生を十全に生きようとするならば、死に近づかねばならないという矛盾である。そのことを指摘することからバタイユは本書を始めている。

エロティシズムとは、死におけるまで生を称えることだ

エロティシズムとは、死におけるまで生を称えることだと言える。これは、厳密に言えば、定義ではない、しかしこの表現はほかのどれよりもみごとにエロティシズムの意味を語っていると私は思う。正確な定義を求めるのならば、たしかに生殖のための性活動から出発せねばならないだろう。というのもエロティシズムは、その特殊な一形態なのだから。生殖のための性活動は有性動物と人間に共通の事柄なのだが、しかし見たところ人間だけが性活動をエロティックな活動にしたのである。エロティシズムと単純な性活動を分かつ点は、エロティシズムが、生殖、および子孫への配慮のなかに見られる自然の目的〔種の保存・繁栄〕とは無関係の心理的な探究であるというところなのだ。この基本的な定義から、私はしかしただちに、冒頭で示した表現「エロティシズムとは、死におけるまで生を称えること」に立ち返る。というのも、エロティックな活動がはじめは生の溢れんばかりの豊かさであるにしても、今しがた述べたよ

うに生の繁殖への配慮とは無関係のこの心理的な探究は、死と無縁ではない目的に向けられているからである。ここには生と死のたいへん大きな矛盾がある（『エロティシズム』「序論」）。

有名になった一節だが、人類のどのような事情をふまえての発言なのか確認しておこう。

動物にも人間にも自己保存本能はある。だが動物と違って人間は、本能からだけではなく意識的にも自己の生命を守ろうと努めてきた。それも集団でそうしてきた。外部の敵に備える体制を築くとともに、内部においても成員相互の生命を守るための道徳、掟、法を作りあげてきた。近代とは、この人間の意識的な自己保存がよりいっそう尖鋭に進められた時代である。一七世紀から一九世紀にかけて科学革命、産業革命、政治革命を成し遂げていった欧米の先進諸国に、この近代の特徴は顕著に見られる。

しかし生命は自己のなかで守られるだけにはとどまっていない。自己の枠から湧出しようとする。自己保存のための体制を破りながら、またときには自己保存のために生産されてきた品々や生き物を巻添えにし犠牲にしながら、そうしようとする。だがここでも人間は、単に本能に乗じるのではなく、意識的な体制を敷いた。祭儀はその典型例だ。ただし近代的な人間は、中世の人々や未開文明の人々の祭儀にあるような大量で激しい生命の湧出、生産物の消尽を嫌い、その無益さを嫌って、生命と生産物をできるだけ有益に自己保存へ、さらには自己発展へ差し向けたのだった。かくして近代人の生命の湧出は、近代人の自己保存、自己発展に抵触しない限りで、矛盾しない限りで、肯定されていった。そしてそのような制限された生命の湧出こそが本来的で人間的だと彼ら近代人は強弁していったのである。

現代思想のなかで──バタイユとレヴィ＝ストロース

西欧の現代思想は近代人のこの偏った生命理解を批判してゆく。先駆者はいた。近代人の自己保存、自己発展への意志を生命力の弱さという角度から捉えたニーチェ、近代人の意識の底にも非文明的な破壊や死への本能が宿っていることを暴いたフロイト、未開民族における浪費的な贈与の慣習を語ってギヴ・アンド・テイクの考え方の卑小さを近代人に知らしめたモースらである。

バタイユは、これら先人の教えを学んだ現代思想の担い手たちの第一世代に属する。「エロティシズムとは、死におけるまで生を称えることだ」としながら、バタイユは、近代人に単純に抗してエロティシズムへの一方的な讃歌を語るのではなく、この生命の湧出が、生殖から労働までの人間の自己保存の動きと密接に絡み合った死への動きであることを冷静に指摘してゆく。生命のこの二つの動きが、ただ反発しあうだけの矛盾ではなく、相互に刺激しあい助長しあいさえする複雑で奇妙な矛盾であることを彼は繰り返し強調するのである。

性に関する個々の禁止もこの矛盾のうえに乗っているのだが、学者たちにはそれが見えない。近親相姦に対する禁止についても、単純に明文化された禁止の言葉にだけ注目して、その奥の生命の錯綜には目をつぶるのだ。

近親相姦の禁止という《特殊事例》は最も関心を引く事例である。一般の表現では、近親相姦の禁止が本来の意味での性の禁止の代わりになってしまっているほどである。不定形で捉えがたい性の禁止が存在することはすべての人が知っている。全人類がこれを守っている。しかしその守り方は時代と地域によってたいへん異なるので、誰もそこから一般的に語ることを可能にする簡潔な表現を導きだすことはできなかった。近親相姦の禁止も性の禁止に劣らず普遍的であるのだが、近親相姦の禁止の方は明確な慣習になって表されている。この慣習は、いつもかなり厳密に簡潔な文言としてまとめられているし、また異論の余地のない明瞭な意味の言葉の一つだけで、近親相姦の禁止の一般的定義はなされている。それだから近親相姦は多くの研究の対象になったのである。逆に性の禁止——近親相姦の禁止はこの禁止の一特殊事例にすぎないのであり、またこの禁止からは一貫性のない諸禁止の総体が生まれている——は、人間の行為を研究する機会を持つ人々から見過ごされている。それほど人間の知性は、単純で定義可能なものの考察に差し向けられ、曖昧で捉えがたく変わりやすいものを無視するように促されてしまうのだ。このようなわけで性の禁止は今日まで学者たちの好奇心の対象にはならなかったし、他方で近親相姦の多様な形態は、動物種の形態と同じほど明確に画定され、学者たちに彼らの気に入るものを、つまり明知を働かせて解決されるべき謎を提供してきたのだった

（『エロティシズム』第一部「禁止と侵犯」の第3章「生殖に関係した禁止」）。

ここで問題にされている学者とは、第一にクロード・レヴィ＝ストロース（一九〇八―　）のことだと考えてよい。レヴィ＝ストロースは、未開民族における近親婚の禁止を扱った大論文『親族の基本構造』（一九四九）で博士号の学位を取得した文化人類学者である。その後彼は、現代思想の重要な一分野たる構造主義の担い手になっていった。同じ現代思想の星雲のなかにあって、バタイユの思想の星座とレヴィ＝ストロースの思想の星座がどこで接しどこで離れてゆくのか、その異同を以下で簡単に見てゆこう。

好著『構造主義の歴史』（一九九二）のフランソワ・ドッスによれば、「レヴィ＝ストロースは一九〇八年に生まれ、芸術的創造の雰囲気にみちた家庭環境に育つ。曾祖父はヴァイオリン奏者、父が画家、伯父たちにも画家がいるという家系であった。若い頃には、暇があれば骨董屋がよいに精をだした。両親がセヴェンヌ〔フランス中央山地（マシフ・サントラル）南東部〕の山中に一軒の家を買い求めると、都会育ちの彼はまるで異国のような自然を発見して、すっかりその虜（とりこ）になる。十時間から十五時間も山野を跋渉（ばっしょう）したものだという。芸術と自然に対するこの二重の情熱は、のちに新旧両世界を股にかけることになるこの人物のうちに深く刻み込まれ、その斬新な思考法、その著作の本質的に美的な野心を育むことになる。とはいえ彼は、感受性のもたらす魅惑に溺れることを拒み、おのれの感受性を否認することなしに、しかも大いなる論理的体系の構築を通じてその発露を抑制しようとする。

彼が流行の移り変わりとは関わりなく、一貫して当初からの構造論的プログラムに執心し続ける理由の一端は、ここに求めることができよう」（清水正・佐山一訳『構造主義の歴史』、国文社刊、三四頁）。

若い頃のバタイユは、逆に、ことあるごとに「感受性のもたらす魅惑に溺れ」、感受性の「発露」の「抑制」に失敗し続けた。彼もまた中央山地（マシッフ・サントラル）の自然に深く接したが、その山野の自然は、父親を業病で苦しめ日々その身心および家庭を滅ぼしていった恐ろしげで荒々しい自然と通底していた。それゆえ、レヴィ＝ストロースが『野生の思考』（一九六二年）の表紙を美しい三色スミレの絵で飾るのに対し、バタイユは、花を見てもその花弁をむしりとり、内部の醜悪な花芯こそ自然の奥深い野生だとみなしたくなるのだ（「花言葉」、『ドキュマン』誌、第三号一九二九年六月所収）。ただでさえ激しい性欲が、理性の制御を受けるためにいっそう暴力化していた彼にしてみれば、「大いなる論理体系の構築」など休息であり衰弱状態の証しであり老いの兆候にすぎなかった。

モースをめぐって

このような根本的な相違を見せる両者であるが、マルセル・モースの『贈与論』を介しては、しばし幸福に出会っていた。AとB二つの集団があるとして、Aは自集団にとって必要不可欠なものをあえて大量にBへ贈与して尊敬を示そうとする。Bはさらに大規模な返礼をして自集団の権威を誇示しようとする。モースが未開民族の風習を例に紹介したこの贈与のやりとりは、レヴィ＝ストロースにとって、近親婚の謎を解く鍵になった。「近親婚の禁止は、母や姉妹、娘と結婚することを禁じる規制というよりは、母や姉妹、娘を他人に与えることを義務づける規則なのである」。『親族の基本構造』（P・U・F、五九六頁）にある言葉だ。

バタイユは『クリティック』誌の一九五一年一月号に『親族の基本構造』への好意的な書評を発表し、それをさらに本書『エロティシズム』の第二部第4章に収録した。それによれば、「レヴィ＝ストロースの主張は次のような考えに想を得ている。すなわち自分の娘を妻とする父、自分の姉妹と結婚する兄弟は、いわばシャンペン酒を所蔵しながら、けっして友人を招かず、たった一人で酒蔵を飲み干す男のようなものなのだ。父親にとって娘は富であり、兄弟にとって姉妹は富なのだが、彼はこの富を儀礼的な交換の回路へ投じなければならない。ただしこの回路は、ゲームの規則がそうであるように、一定の環境のなかで認められた一連の規則を前提にしている」。

このような贈与の規則の裏返しの表現が近親婚禁止の規則になるわけだが、しかしこの贈与の視点だけでは、もっと広い、世にあまねく見られる近親相姦の禁止それ自体の問題はとうてい解けそうにない。先に紹介した『エロティシズム』第一部第3章はこのような判断に基づいて、第二部第4章の以後に書かれた文章である。

そもそも贈与の捉え方がモースとバタイユでは異なる。モースは、贈与する義務、受け取る義務、返礼する義務からなる回路を重視し、さらにこの回路を宗教、政治、芸術等、社会の様々な面に関わる「全体的社会事象（un fait social total）」と捉えた。バタイユは「全体的社会事象」の見方を支持しつつも、さらにそれを支配する人間心理として「鷹揚さ（générosité）」つまり打算、利益、見返りを考えない消費肯定の精神をモース以上に強調する。そして贈与という行為についても、バタイユは実のところ、義務の回路が成り立たなくなるほどの全面的な贈与、破滅的な自己消失を欲している。物的なやりとりがもはや消滅してしまい、代わって非物的な情念の交流が起きるのを期待しているのだ。あまりに贈与したために個（あるいは集団）としての体制が壊れ、それを見る者も、恐怖に脅えつつなぜか自己を滅ぼして、相手と生命の渦を作りだしてゆく。バタイユは、贈与をこのような非物的で不定形で無構造的な融合状態へ開かせようとした。そしてまさにこの状態にこそ性の体験の本質はあるとバタイユは感じとっていた。だから性の体験は恐ろしいと彼は断言するのだ。生き延びてゆくという人間の根本要請が危機にさらされるからエロティシズムは禁止の対象になってきたというのである。彼によれば、近親相姦が禁止されてきた第一の原因もそこにある。

だが近親相姦の禁止は、各時代ごと、各地域ごとの都合に応じた付帯的禁止に被われてその恐怖の相が見えにくくなっている。レヴィ＝ストロースは、この付帯的禁止の群れに、つまり「一定の環境のなかで認められた一連の規則」に構造を見出したのにすぎない。感受性に溺れず、自然の内奥へ降りてゆくことを拒んだから、彼には近親相姦の根源に対する問題意識が生じなかったのだ。社会的関係にしろ言語表現の構成にしろ、それがいかに立体的で可変的な構造を呈していても、バタイユには表層と映った。そして構造がどれほど明瞭な関係性を宿していても、彼には不透明で重圧的で超越的なものに感じられた。彼にとって透明性、内在性、深層とは、諸力で混濁した生命の大河のことだ。バタイユ、とくに一九五〇年代の彼は、表層の関係を踏まえつつ、それに被われて見えにくくなっている深層の水流の所在を何とか証し立てようとしていた。

「構造は街頭に降りてゆかない」(Les structures ne descendent pas dans la rue)。バタイユが死んでから六年後の〝一九六八年五月〟の騒動の際にソルボンヌ大学の黒板に書かれた構造主義批判の名文句である(書いたのは精神分析学者のカトリーヌ・クレマン＝バケス)。街頭に降りてゆかないのならば、当然、構造主義は市井の人間が持つ近親相姦の深層心理には降りてゆけない。バタイユのように死んだ母親の前で死姦の欲望に駆られた男の心理などなおのこと扱いようがない。

近親婚も近親相姦もフランス語では同一の単語 l'inceste で表記される。近親婚の意味でのこの言葉はレヴィ＝ストロースの星座においてはその始点の位置で燦然と輝いている。バタイユの星座においてこの言葉は、近親相姦の意味で不安定に明滅している。というのもその背後で、死の感覚を欲してやまなかったバタイユ自身のエロティシズム体験がブラック・ホールを形成していて、この言葉の星を今にも吸引しようとしているからだ。

禁止の変化と近代の病い

先に引用した『エロティシズム』第一部第3章の引用文に戻って、近親相姦の禁止の底に横たわる性の禁止に対しバタイユが「不定形で捉えがたい」、「曖昧で捉えがたく変わりやすい」と形容していたことに注目しよう。これは、性の禁止が、そして禁止される性の方も、人間においては意識的な活動であることによる。この〝意識的な〟という言葉は〝心理的な〟という言葉ともつながる（さらに〝幻想的な〟ともつながる）。先に引用した「序論」の一節でバタイユがエロティシズムと動物の性活動を分かつのに前者を「心理的な探究」と規定していたことを想起されたい。じっさい人間のエロティシズムには、相手を選り好む美意識に始まって、ロマンティックな恋愛観、卑猥な妄想がついてまわり、行為のさなかでは自由や空しさが意識されてゆく。結婚、売春という慣習も、動物にはない人間の意識の所産だ。

重要なのは、この意識なり心理の要因は、時代、地域に応じて、あるいは個人の事情に応じてさえ、変化するということである。欧米先進諸国、そして日本において、性の解放は進んだと言われる。だがこれは、性の禁止それ自体が消滅したということではない。それまで禁止されていた或るエロティックな生命の湧出に対して、もはや自己を壊すような暴力が感じられなくなったということなのだ。その暴力に対して、自己保存の方の意識が整って、もう声高に禁止を主張しなくてもよくなったと考えてもよい。他面で、別のよりいっそう衝撃的なエロティシズムが模索され、それに対する禁止も厳しく設定されてゆく。

セクシャル・ハラスメントへの過剰とも言える対応が目につく昨今だが、これなども人々が生命の二つの相矛盾する動きに依然として翻弄されていることの証左だろう。憂慮すべきなのは、この矛盾に翻弄されていることへの自覚、いや感触すら失われつつあるということだ。

エロティックな映像や情報がメディアを通してかつてないほど日常生活に氾濫しているが、これはイメディアな（直接的な）身体の交流から人々を遠ざけることに貢献している。メディアを介して身体が疑似的に表現されているために、各人は自己保存の体制をたいした危機意識もなく維持できてしまっているのである。だが集団から引きこもって孤独な享楽にふける者は、この没交渉のつけを悲劇的なかたちで支払わねばならなくなる。思わぬときにめぐりあった身体の直接的な表情や言葉に簡単に反応し、自分の欲望を短絡かつ激越に発露させてしまうということだ。ふだん侵されたことのない自己は、或るとき取り返しのつかないほどに侵される。自己自身の内奥によってである。

〝ポスト近代〟という言葉にかどわかされてはならない。我々は近代の〝あと(ポスト)〟を生きてはいない。近代の病いを新たにわずらっているだけだ。生命の矛盾と格闘したバタイユの本書を読むと、そのことが見えてくる。

【邦訳】 拙訳『エロティシズム』（ちくま学芸文庫）

第6章　『ドキュマン』（一九二九―三〇）

――ケルトの図像から

アカデミックな建築物

留学中、私は、かつてバタイユが勤務していた国立図書館の賞牌部（Cabinet des médailles）を訪れたことがあった。

パリの一区から二区へリシュリュー通りを下ってゆくと、右手に敷地いっぱいに立つ大きな石積みの建造物が見えてくる。くすんだ黒灰色で生気に乏しい外観。パリの国立図書館だ。現在は一三区に新館ができたため〝旧〟と呼ばれている。古い知の殿堂は、視界をさえぎって不快ですらある。ただでさえ狭い歩道が、この建て物の脇に来ると、さらに狭く感じられる。

ルネサンス期フィレンツェに端を発する古典主義の宮殿建築である。フィレンツェもそうだが、パリのこの一角も、無機的でのさばるように大きい石造建築のせいで息苦しい。

門をくぐり右に行くと建て物の正面だ。個々の窓が左右対称に三対三の割合で配された幾何学的な造りである。一七世紀に始まるフランスの古典主義時代には、こんな無味乾燥で単調な秩序が美しいと思われていたのだ。いや今でもそうである。理性的な秩序や理性的な形式に美を感じる感性は、現在のフランス人、とくにアカデミックな教育を受けてきた人々のあいだに根強く残っている。

バタイユもそのような教育を受け、優秀な成績すら収めて、このアカデミスムの一大拠点に就職を決めたわけだが、徐々にアカデミックな物の見方に批判意識を深めていった。一九二九年から翌年にかけて月刊の『ドキュマン』誌に毎号発表された彼の論文（全部で一四本、ほかに言葉の定義集『批評辞典』に寄せた項目一六個、書評・雑記六本がある）は、美術評論の体裁を取りつつも、それに留まらず彼の批判意識の最初の表明になっている。とくに一九二九年四月の創刊号に掲載された「アカデミックな馬」は注目に値する。

アカデミスムの語源はプラトン（紀元前四二八―三四八頃）の学園アカデメイアにある。バタイユは古代ギリシアにまで溯って、西洋の理性的な美意識を相対化しようとした。古代ギリシアの貨幣に刻まれた馬の図像を、そのあとのケルトの貨幣の図像と対比させながら、である。

私は、これらの貨幣が一目見たく、国立図書館の賞牌部を訪れたのだった。

古代貨幣の図像

図書館の玄関を入って大理石の階段を登ってゆくと、すぐに賞牌陳列室の前に出た。なかには世界の古銭がいくつも展示されていた。

古代ギリシアの貨幣をまず見つける。紀元前五―四世紀の金貨・銀貨はどれもよく輝いていた。そしてその図像のみごとさに驚く。怪物の図像ですら美しいのだ。例えばミノタウロスの化け物としての不気味さは、頭部が牛、胴体が人間という合成にあるのだが、そんなことよりも牛の耳や鼻の毅然（きぜん）とした形状、均整のとれた人体、その筋肉質の手足の躍動感に魅せられてしまう。有翼の馬ペガサスにしても、馬好きのドガが描く図などよりずっと完成度が高い。

その馬が、紀元前二―一世紀のケルト諸部族の貨幣に眼をやると、化け物になっている。首から尻まで胴体が大蛇のように一様な太さで、ぬるっと、うねっている。四脚は躍動するというよりはどたばた騒がしく乱舞している感じだ。その関節部は異様に大きい球体、眼球も同じくばかでかい球体である。ケルトの馬の図像は他の生き物と合成して怪物になろうとしているのではない。そのままですでに化け物になっている。写実性をめざして破綻したというのでもなく、最初から別の次元を欲していたかのようなのだ。直径二センチメートルほどのコインに見入っているうちに私は、奇怪で強烈な小宇宙のなかへ、不気味なエネルギー流のなかへ、巻き込まれてゆくような気がした。

バタイユの立場

長いこと、ケルトの貨幣芸術はギリシアの手本からの後退とみなされてきた。ケルト人の生来の不器用さ、美的感性の欠如、文明の低さが語られたのだ。しかし発掘されたケルトの貨幣をよく調べてみると、馬にしろ人間にしろギリシアの貨幣とは別な意味でみごとに描かれている図像があった。それら非写実的で解体した図像はケルト人の能力不足を証しているのではなく、逆に新たな能力が湧出していることを証しているのではないか。ギリシアの規範を達成することとは別に、それを壊しそこから溢れ出ようとする独特な美的感性と表現力があることを証しているのではないか、バタイユはそう考えた。ギリシア・ローマに対しケルトの芸術を劣等視せず、そこに新たな解体の美学を読みとろうとする最初のケルト解釈者の世代にバタイユは属する。

ローマ人に征服される以前、ガリア*のケルト人の文明は、社会的に見て古典文明の真正のアンチテーゼを表しているという意味で、中央アフリカの現在の諸部族の文明に匹敵するものだった。ギリシア人やローマ人の秩序だった征服に、ガリアのケルト人のイタリアやギリシアへの不統一で無益な侵入**を対立させること、そして一般的に、一定した組織化能力に、不安定さとはけ口のない興奮を対立させることは、わけなくで

▲マケドニアのアカデミックな図像表（左）・裏（右）

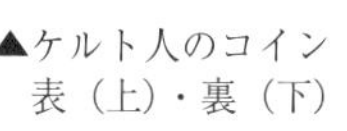

▲ケルト人のコイン
表（上）・裏（下）

きることである。規律正しい人たちに価値と公的権威を意識させせうるものすべて、例えば建築、理論的法律、非宗教的学問、文学者による文学は、ガリアのケルト人の知るところではなかった。彼らは何ごとも算定せず、いかなる進歩も構想せず、内面からの直接的な示唆とあらゆる暴力的な感情をただ自由に発露させていたのだった。

このような対立に正確に応えるものとして造形芸術の世界の一事実を挙げることができる。ガリアのケルト人は、交易のために外来の数種の貨幣を用いていたが、紀元前四世紀ごろからは、いくつかのギリシア貨幣、とくに裏に馬の図像の印されている貨幣（例えばマケドニアのスタテール金貨）***を模倣しながら、自分たちの通貨を鋳造しはじめた。彼らの模倣には、彫刻師の不器用さに由来するいつもの野蛮な変形が見られたが、しかしそれだけではなかった。様々な部族が考案した常軌を逸した馬たちは、技術上の欠陥の代物（しろもの）というよりは、最初の図式的な捉え方をどの点においてもその最も不条理な帰結へ持ってゆく積極的な突飛さの結果なのである。（「アカデミックな馬」、『ドキュマン』誌第一号、一九二九年）

＊ガリアは古代ローマ人が付けた北方の占領地域の名称。細かくは、アルプス以北のフランス、ベルギーの地のガリア・トランサルピーナと、ローマから見てアルプスのこちら側の北イタリア一帯、ガリア・キサルピーナに分けられていた。

＊＊紀元前四〇〇年ごろ、アルプス以北のケルト人たちはイタリア北部に侵攻し定住しはじめた（ガリア・キサルピーナの始まり）。さらに紀元前三八七年には当時の新鋭都市国家ローマに攻め入り、略奪の限りをつく

した。また紀元前二七九年には、ギリシアの聖地デルポイに侵攻している。このときケルトの武将プレンヌスは、ギリシアの神々が人間の姿で彫像に形象化されているのを見て大笑いしたという。

＊＊＊ケルト人の貨幣彫版師たちが当初よく手本にしていたのは、マケドニアのフィリポスⅡ世（Phillipos は《馬を愛する人》の謂）の治世（前三五九―三三六年）に作られたスタテール金貨だった（金スタテールは二―四ドラクマに相当する金貨原基、なお一ドラクマは古代ギリシアの重要単位で約三・二グラム）。この古代ギリシアの貨幣は、通常、表に為政者やアポロン神の横顔の肖像、裏に二輪戦車を御する戦士と馬が刻まれていた。ケルトの貨幣の表裏もこれに従っているが、その図像は次第にデフォルメされ写実性を失ってゆく。

非西洋世界との出会い

バタイユは、一九二二年パリの古文書学校を卒業すると、パリの国立図書館の司書になり、二四年には賞牌部に配属された。世界各地の古銭の分類・保存・展示の仕事にあたり、さらに二六年からは古銭学の専門誌『アレチューズ』（ギリシア神話中の妖精名。当初アレチューズは狩猟の女神だったが、大河の男神アルフェーの求愛からの助けを請うて泉の女神へ変身させられた）に研究論文を発表していった。古銭の表裏に刻まれた図像がバタイユの主たる関心事だったが、その研究を通して彼は、古代ギリシア・ローマの理性主義的な古典文明がいかに局所的な現象か見抜いていった。古代地中海文明だけではない、それを復活させたイタリア・ルネサンス文化、これを継承した一七世紀以降のフランス古典主義文化が彼のなかで相対化されていったのだ。

バタイユにこの相対化を促した機縁はほかにもまだある。例えば一九二〇年代以降とくに活発化したマルセル・モース（一八七二―一九五〇）らフランス民俗学者たちの研究である。モースは、一九二五年発表の「贈与論」のなかで北米先住部族間のポトラッチの習慣（贈与の返礼としてさらに莫大な富を贈与して栄誉を得ようとする）を紹介して、物々交換に原点を置く西欧近代の合理的な経済学の外部を伝えていた。モース傘下の若手の学者たちも、南太平洋諸島や中央アフリカ、南アメリカなど非ヨーロッパ世界の民俗資料、宗教儀礼を積極的に紹介した。

これらに接した一九二〇年代のバタイユの驚きは、おそらく、一九三七年改装なったパリ・トロカデロの人類博物館での画家岡本太郎の次の感動に近かったはずである。「世界中のあらゆる土地からの資料がギラギラと輝いてひしめきあっている。〔……〕時空を超えた人間本来のあり方、そこからわき出てくる、むっとするほどの強烈な生活感、ダイレクトにこちらにぶつかってくる。こんな具体的な資料を土台に、われわれは抽象的論理よりも、それを超えた人間学を学ぶべきではないか」（「自伝抄」、『岡本太郎の本1、呪術誕生』所収）

学者から思想家へ

ともかくバタイユは、古銭学や民俗学に触発されて、ヨーロッパの合理的な文明を根底から相対化するという方向へ、さらには理性を優越させるヨーロッパ文明の在り方を覆すという方向へ思索を進展させたのである。雑誌『ドキュマン』第一号に彼が発表した論文「アカデミックな馬」は、この思索の最初の外的な営為だった。思想家としての第一歩が踏みだされたということである。

だがそもそも思想家とは何なのか。

自分の頭のなかであれこれ考えているだけの人間は思想家とは言えない。自分の考えを語りにせよ文字にせよ、言葉で他者に示すという行為すなわち自己の外在化をおこなってはじめて思想家と言えるのである。

ならば、学会発表をしたり学術論文を出版したりする学者も思想家と言えるのだろうか。否である。学者の発表の場合、第一に際立たせるべきなのは、研究対象の方であって、学者固有の考えではない。もちろん、いかなる研究発表も研究者の解釈なのであって、研究者の固有の見方が反映されている。だがそれをできるだけ目立たなくさせるのだ。学者は、資料の裏付けや論理的な口調で客観性を装って、学者自身の「私」の部分、主観的な部分を見えなくする。

バタイユが一九二六年から二九年までの間に『アレチューズ』に寄稿した論文はどれもそのような学者としての仕事だった。だが『ドキュマン』になると、彼は創刊号から思想家としての仕事を発表する。それゆえ、国立図書館賞牌部でのバタイユの上司で『ドキュマン』を『アレチューズ』と同じ学術誌にしようとしていた編集者ピエール・デスペゼルは驚いてしまったのだ。デスペゼルは、トロカデロの人類博物館の学者も加えて、雑誌の領域を考古学と民族学へ拡大しようと目論んでいた（雑誌名の Documents はだから第一に考古学の〝遺物資料〟の謂である）。しかしそこに思想家の文章までは期待していなかった。「アカデミックな馬」を読んで彼はただちにバタイユに手紙を書いた。曰く、この論文はバタイユ自身の「精神状態に関する《資料》」にすぎないのであって、早急に雑誌創刊の企図に立ち返れ、と。

壮大な転覆

学者と違って思想家は、自分固有の考えを言葉で積極的に外在化させる。とはいえバタイユの場合、通常の思想家と違って、自分の考えを語りながら最終的には自分の固有性を打ち消そうとしていた。思想の独自性、強烈な個性、確固たる自我といった思想家個人の要素にバタイユの関心はなかった。要するに、学者のように研究対象という客体を際立せることにも、多くの思想家のように主体を際立せることにも、彼の狙いはなかった。思想家としてバタイユが求めていたのは、自分が語った思想の内実へ他者とともに入ってゆく、自他の区別を越えて入ってゆくということだった。

ならば、彼が語った思想の内実とは何なのか。

それは、端的に言って、矛盾に満ちた生命の流れのことである。その生命はまさしくバタイユ個人のでもなければ他者固有のものでもない。バタイユのであり、他者のであり、さらに社会のであり、自然界のでもある生命の流れである。

古代ギリシア貨幣のアカデミックな図像からケルト貨幣のデフォルメした図像への変遷は、単に芸術上の様式変化の問題に留まらず、もっと根源的に、自分の結果を絶えず否定し更新してゆく自然界の生命の自己表出の動きに関係しているとバタイユは考える。さらに彼によれば、理性主義から非理性主義への造形芸術の変化は、第三共和政下のフランス社会（一八七一―一九三九）のような理性主義的社会が覆されてゆく予兆だということになる。

自然は、自分自身に対して絶えず反抗しているように見える。つまり或るときは、不定形で未決定のものに対する恐怖が人間という動物あるいは馬の明確な形態に達するし、また或るときには深い擾乱のなかでこのうえなくバロック的で胸をむかつかせる形態がそのあとに続くのである。（「アカデミックな馬」）

造形芸術の形態の変質は、多くの場合、大規模な転覆の主要な徴候を表している。それゆえ今日、規則的な調和のすべての原理に対する否定が生じて壮大な変化の到来の必然性を証しているのだとすれば、社会の何もかもが覆ると見てよいのではなかろうか。忘れてならないのは、一方でこの最近の否定は、まるで生の基盤自体が巻き添えにされたかのように、きわめて激しい怒りを買ったということ、他方で事態は、まだよく気づかれていない重大さとともに、つまり人間生活の現状とまったく相容れない精神状態の表出とともに、推移したということである。

（「アカデミックな馬」）

『ドキュマン』時代のバタイユは、生命の相対立する動きを、新プラトン主義の哲学者プロティノス（二〇五頃―二七〇）のように、上昇と下降に分けて捉えていた。すなわち上昇とは、美しく完成された形態（古代ギリシア人にとっては人間、馬など）をめざす運動であり、下降とは、そのような美しい形態を壊して醜悪になり、ついには形のない質料（泥、水など）に至る運動である。上昇には規律、不自由、画一化がついてまわり、下降には擾乱、自由、多様性が付随する。

西洋の造形芸術の分野では、マネの《草上の昼食》（一八六三）以来、印象主義、表現主義、フォヴィスム、キュビスムと「規則的な調和のすべての原理に対する否定」が、大方の鑑賞者から、つまりアカデミズム主導の古典主義に満足していた保守的な市民層から怒りを買いながら進行したが、この造形芸術の動きは、バタイユによれば、「人間生活の現状と相容れない精神状態」の先行的な表出でもあった。この精神状態は、デスペゼルが言うようなバタイユ個人の問題には限定されえない。質料のように広く形なく動く民衆の情念を指している。

『ドキュマン』以後

バタイユの予見は或る意味では的中したと言える。その後の西洋社会は既成秩序を大きく破られたからだ。しかしその主役となったファシズムは不定形の民衆の情念そのものではなかった。巧みな指導者によって有形の国家へ上昇させられた情念だった。

『ドキュマン』を去ったあとのバタイユ、とくに全体主義国家の台頭が脅威的となった一九三五年以降のバタイユは、この新たな社会状態に抗して、政治活動集団（《コントル・アタック》）、講演会（《社会学研究会》）、宗教結社（《アセファル》）と不定形の情念によりいっそう忠実な形態を次々組織してゆく。

だが一九三九年からの第二次大戦はそのようなバタイユの試みを嘲笑うかのように圧倒し、挫折へ追い込んでいった。単独の身を強いられたバタイユは、しかしなおも生命の共同性を求めてゆく。理性の極限に〈非-知の夜〉を切り開いて、形を欲する動きと無形への解体の動きとの葛藤を生き、これを思想家として書物に外在化させてゆくのである。

ただし『内的体験』（一九四三）、『有罪者』（一九四四）、『ニーチェについて』（一九四五）の三作品で披瀝される生命体験は、『ドキュマン』で語られた生命観とはいくつかの点で重要な相違を呈している。まず第一点は、『ドキュマン』では、下降運動の最低点で理性のアンチ・テーゼたる不定形の質料に、その破壊的な力に出会っていたのに対し、第二次大戦中の三作品では、理性の働き（抽象的にしろ具象的にしろ形ある〝物〟を作り出す）を極めたところで、つまり上昇運動の頂点で〈非-知〉という解体的な力に出会うということである。第二点は、人間の生命は、〈非-知の夜〉という理性の果てまで行っても、非理性に純化せず、両者の相克を演じるということだ。たとえ既成の秩序が覆っても、すぐその瞬間に秩序への欲求（旧秩序へのにせよ、新秩序へのにせよ）がすでに息づいているということである。『内的体験』第二部「刑苦」の有名な断章「非-知は裸にする」はそのことを伝えている。「裸にする。それゆえ、そのときまで知が隠していたものを私は見る。けれども見るならば私は知るのである」。

『ドキュマン』ののちバタイユは、内外の政治情勢に翻弄されるなかで、さらには衝撃的なヘーゲル哲学との出会いを通して、そして何よりも理性の執拗さを自分の内面に見出して、このような理解に達したのである。

【邦訳】片山正樹訳『ドキュマン』（二見書房）

第7章

『呪われた部分——普遍経済学の試み』（一九四九年）

——詩から太陽へ至る経済の探究

画期的な経済学原論

バタイユは、一九四九年、『呪われた部分』を出版した。冒頭の題辞（エピグラフ）には詩人ウィリアム・ブレイクの言葉「溢れる豊かさこそ美だ」が記されていたが、これはれっきとした経済学の理論書だった。

周囲の人々は、そのような書物を準備しているとバタイユから聞かされて驚いていた。しかし彼は一九三〇年代から経済学に強い関心を持ち、その根本的な刷新を考え続けていたのである。本書は、長年にわたる彼のこの探究の成果であり、彼自身に言わせれば経済学史に「コペルニクス的転回」をもたらす体（てい）の内容だった。

じっさい、その骨子をなす〈普遍経済学〉は、次の二つの点で画期的だった。

すなわち第一点は、従来の経済学が社会、国家、政治体制、地域といった限定的で特殊な視点に立って考察を進めていたのに対し、〈普遍経済学〉は、地球上全体のエネルギーの流動という普遍的な視点から人間の経済活動を据え直したということである。バタイユは、この普遍的な視点を形成するのに、量子力学、地球物理学、天文学などの最新の成果にあたっている。本書の第一部「理論的導入」にある彼のテーゼ「地球上の生物にあっては、生産されたエネルギーの総量は生産に必要なエネルギーの総量をつねに上回っている。したがって余剰エネルギーが恒常的に存在している」は、彼の科学的知識に裏打ちされている。

第二点は、従来の経済学が生産、蓄積、生産的消費という合理的な経済のサイクルの内部に留まっていた（マルクスもしかり）のに対し、〈普遍経済学〉は、このサイクルから逸脱する不合理な非生産的消費に注目し、そこに人間の生の重要な面を見ていったということである。これは、逆に言えば、不合理な非生産的消費を無益な損失として呪ってきた西洋の近代人がいかに特殊かということだ。

バタイユは、非生産的な消費を〝蕩尽〟と呼ぶ。一九五〇年代のバタイユは、西洋近代が呪った不合理な生の部分を、性活動の問題から社会制度の問題まで、より広汎な視野で考察する著作群の構想を立て、『呪われた部分』の題名をこの著作群の総題に格上げした。その際、本書は『蕩尽』と改題されてその第一巻に組み入れられた。ちなみに一九五四年に公表された『呪われた部分』の最終プランでは、第一巻『蕩尽』、第二巻『エロティシズム』、第三巻『至高性』となっている。

ともかく、本書のバタイユは、〝蕩尽〟を呪う西洋近代の特殊性を証すために、地域的にも歴史的にも西洋近代の外に出ていっている。すなわち第二部「歴史的データ、Ｉ」および第三部「歴史的データ、Ⅱ」では、メキシコのアステカ文明、初期イスラム社会、チベット社会といった非西洋世界の、非生産的消費に収斂する経済流を紹介し、さらに第四部「歴史的データ、Ⅲ」では、もともと非生産的消費に鷹揚であった西洋社会が中世から近代に向かうにつれ禁欲的な蓄積重視の社会へ変化する模様を、プロテスタンティズムに関するウェーバーやトーニーの研究書に拠りながら跡付けている。
このように西洋近代を相対化してゆくバタイユの姿勢は、モースの「贈与論」（本書第二部でも詳しく紹介されている）から想を得た論文「消費の概念」（『社会批評』誌、一九三三年一月号）ですでに基本的に打ち出されていたものだ。

同時代への提言

ただし一九三三年の「消費の概念」と一九四九年の本書『呪われた部分』との間には重要な相違がある。つまり本書のバタイユは、第二次大戦の悲劇と、その後の米ソの冷戦、言い換えれば核戦争になりかねない第三次大戦の脅威をふまえて、非生産的消費の現代的意義を考えているということだ。本書の第五部「現代のデータ」の主題はそこにある。本書だけではない。「無意味の意味」の呈示ということで後期バタイユ全体を貫いている姿勢なのだ。バタイユは同時代の世界の行方を案じていた。

冷戦下でのバタイユの危機意識はこうだ。世界の余剰資本、なかでも目立って多いアメリカの余剰資本は、放っておけばまたしても大戦争の原動力になり、そこで悲劇的に蕩尽されることになるだろう。核兵器の使用を考えれば人類の滅亡すら視野に入ってくる。だから、大戦争以外の方途で余剰を蕩尽して、大戦争の勃発を阻止しなければならない。一九四九年のバタイユはそう考えて、本書第五部で例えばマーシャル・プランに肯定的な見解を示した。マーシャル・プランとは、一九四八年に始まり五一年まで続いたアメリカによる巨額のヨーロッパ復興援助計画のことで、総額の八九％が無償の贈与だった。蕩尽に近いとバタイユが判断した所以である。

バタイユはさらに提言する。「普遍経済学は、適切な処置として、アメリカの富をインドへ無償で譲渡することを提案する」。バタイユは世界規模での生活水準の向上を考えている。一九七〇年代に〝グローバル・ポリティクス〟の名の下に欧米先進諸国によって低開発国援助政策が実施されたが、バタイユの提言はこれを優に二〇年リードしていたわけだ。

自己意識

だが、じつのところバタイユは、このような提言で満足していたわけではなかった。世界規模で生活水準を向上させる諸政策は外的な方策であって、まずもって重要なのは各人の内部変革である。より多くの人が内的次元で余剰の必然性と蕩尽の必要性を自覚してゆくことが大切なのだ。生産と蓄積への意識が西欧近代を招来させたのだとすれば、時代を変えるには、意識を余剰と蕩尽へ差し向けてゆかねばならない。余剰を生みだす過剰さ、それを蕩尽する過剰さが生命の本質的な様相だとすれば、なおのこと意識の変革は求められる。

バタイユはこう考えて、本書の末尾に、つまり第五部「現代のデータ」の最後に、「富の最終目的への意識と《自己意識》」と題する節を開いた。その数頁は本書のなかで最も難解な個所だが、重要なので一段落だけでも引用しておこう。

私たち存在は決定的に在りようを定められているわけではない。たしかに見たところは、自分たちのエネルギー源を増加させるように求められている。じっさい私たち存在は、ほとんどいつも、この増加を、単なる延命存続のためにということ以上に、自分たちの目的と存在理由にまでしている。だが本当は、このように増加させることに従事していると、当の存在が自律性を失ってしまうのだ。自分のエネルギー源を増加させてゆくということで、現在の自分を将来の自分に従属させているのである。だが本当は、このエネルギー源の増加は、この増加が消費へ解消する瞬間との関係で位置づけられねばならないのだ。とはいえこの消費への解消はたしかに困難な移行ではある。というのも意識は、獲得すべき何らかの対象を追求する限り、つまり純粋消費の無ではなく、何らかの物を追求する限り、この消費への解消に反対するからである。だから大切なのは、意識が何らかの物への意識であることをやめてしまう瞬間へ私たちが到達することなのだ。言い換えれば、増加（何らかの物を獲得してゆくこと）が消費へ解消する一瞬間の決定的な意味を私たちが意識するということ、これこそが、まさに私たちにとっての真の自己意識、すなわち対象としてもはや何ものも持たない意識だということなのである。

（『呪われた部分』第五部第二章第十節）

私たちは、抽象的にしろ具象的にしろ有形の物ならば、それを明瞭に意識できる。近代とは、学問的な知識から工業製品に至るまで、意識を働かせて物を大量に生産してきた時代である。

逆に私たち近代人の意識から漏れてしまうのは、形のない流れや広がりである。それが〈自己〉だとバタイユは言う。〈内奥性〉とも彼は言い換える。物が無益に消費されるときにこの定めない流れが生じるのだが、近代人はそれにしっかり意識を対峙させてこなかった。

仕事を終えて帰宅の道についた近代人を想像してみよう。職場から出て彼は、いつもの最寄りの駅に向かっている。彼の意識は駅という物に差し向けられているが、厳密にではない。彼は一歩一歩、駅を意識しながら、歩いているわけではない。彼の意識は、内からとりとめなく湧いては消えてゆく空想、映像にただ弄(もてあそ)ばれている。そのようにして生命エネルギーが無益に費やされていることに彼の意識は気づかない。給料で増加させた生命エネルギーが非生産的に流出していることに彼の意識は無頓着だ。

なぜそうなるのかというと、給料を稼ぐという生産的行為が彼の生活全体のサイクルを決定してしまっていて、彼がそこに安住しているからである。このサイクルに惰性的に従っているために、職場からの帰路がこのサイクルの一環としてあることすら彼は意識していない。ましてや、帰路の途次にとりとめのない空想というささやかながらも脱近代的な機縁があり、彼がそれを生きていることなどなおのこと彼は意識化できずにいる。

近代的な生き方の全体を意識化する必要があるのだ。明晰な意識をただ近代的な生産に関わる個物や個人に差し向けるのではなく、それらが組み込まれているサイクルの全体に差し向けるのである。そのときはじめて、近代の外部、つまり物の生産・獲得・蓄積とは異なる非生産的な消費の流れも見出せるようになるはずだ。

ちなみにバタイユが知を極めて〈非-知の夜〉に入るときの行程も、これと同様の全体的な視野への上昇になっている。バタイユは、一個の知識の十全な把握に満足しているのではなく、また百科全書を読み通して当代の知識の全てを獲得しようとしているのでもない。知るという行為の基本的な在り方を見極めて、その限界地点へ、知の営みの最前線へ溯ることをめざしている。その最前線に到ると知は、未知なるだけでなく不可知でさえある流れ、発出、横溢を前にすることになる。しかし知はいつものようにそれを既知事項と関連づけて説明し一個の知識に、例えば〈無〉、〈虚無〉、〈空(くう)〉などの哲学概念に仕立てあげようとする。バタイユの非-知とは、この限界地点での知の生産物を切り裂いて、その内実をさらけださせる暴力的な力のことだ。「非-知は裸にする」(『内的体験』第二部「刑苦」)。非-知は、未知で不可知のものに付与された知的な衣装を剝ぎ取って、生身のそれと交接する。この非-知と未知かつ不可知のものとの交接は、理性の光に浴していないという意味で夜なのだが、太陽のように目をくらませる輝きに満ちている。難しく考えることはない。バタイユは、例えば陽光をさんさんと浴びた田園の風景にこの眺めを感じていた。

脱近代的な風景観

本書『呪われた部分』が書かれたのは、フランスのブルゴーニュ地方の田舎町ヴェズレーである。バタイユの住まいは、小高い丘に広がるその町の中腹あたりにあった。彼は、自家のテラスから臨まれる田園風景を描きながら、近代的な見方と脱近代的な見方との相違を次のように語っている。

> 曇った日には、太陽の光が雲によって等しく和らげられ陽光の戯れが薄らぐ。そのため曇りの天候は、《物たちを物たち本来の姿に還元させる》ような印象を与える。これは明らかに間違いだ。私の眼前に存在しているものは、結局のところ、世界にほかならない。そして世界とは物ではないのだ。したがって陽光のもとで世界の輝きを見たとしても、私はいっこうに世界の認識を誤ったことにはならないのである。反対に太陽が隠れると、私には納屋の畑や生け垣がいっそうはっきり識別されて見えてくる。そうして、納屋の上で戯れていた光の輝きはもはや私の目には入らなくなり、この納屋、この生け垣が世界と私との遮蔽物のように見えてくるのである。(『呪われた部分』第二部第一章第七節)

陽光のなかで物たちが輪郭を失うほどに光輝いているとき、人は世界と根源的に交わり、世界を深く認識するというのだ。これこそ本書の出発点であり到達点である〈自己意識〉、〈内奥性〉の体験にほかならない。バタイユの〈自己〉、〈内奥性〉は、けっして人間の内部だけの事柄ではなく、内部から外部へ、同時にまた外部から内部へ流れる非生産的な生命の動きのことなのである。

近代的な都市観

ヴェズレーでのバタイユの風景観は、アムステルダムでのデカルト（一五九六—一六五〇）の都市観と比較してみると、その脱近代的な面がよりいっそうはっきり感じとれる。一六三一年に書かれたデカルトの手紙の一節である。パリの友人に彼は、遁世の地として、フランスの田舎ではなくイタリアの古都でもなく、物の流通で活気づくアムステルダムを推奨する。この地では、個人が個のままに、つまり物のごとくに、存在できると見ていたからだ。

どれほど申し分なく造ることができても田舎の家にはいつも、都会にしかない無数の便宜が欠けていますし、孤独を希望しても田舎ではまったく完全というわけにはいきません。たしかに田舎にはこの上なくお喋りな人々をも夢想に導く運河があり、そしてまた人けのない谷間では彼らは陶酔と喜悦を覚えるでしょう。しかしまたよくあることなのですが、つまらない隣人たちが多くいてあなたをわずらわせます。彼らの訪問は、パリであなたが受ける訪問よりもずっと不快です。それにひきかえ今私がいる大都会では、私以外のすべての人が商売を営んでおり、そのようにして各人が自分の利益に気を取られているため、私は一生の間けっして誰の目にも触れずにここにいることができそうです。私は毎日、大勢の雑踏の間を、ちょうどあなたが並木道を行くときと同じ自由と安らぎをもって散歩にでかけます。そして私はその途次に見かける人々を、あなたが森で出会う木々や草をはむ動物たちと同じように眺めているのです。彼らが難儀しているときの騒ぎも、小川のせせらぎと同じに私の夢想を中断させたりしません。ときたま彼らの活動に思いをはせると、私は、あなたがあなたの畑を耕す農民たちを見て覚える喜びと同じものを感じるのです。というのも彼らの労働のいっさいが、私の居住地を美しくするのに役立ち、また私が何物にも不自由なく過ごせるのに役立っているように見えるからです。（一六三一年五月五日付、バルザック宛て書簡）

一七世紀前半のアムステルダムは、世界交易の中心地として繁栄し、西洋のなかでいちはやく近代都市の相貌を呈するに至っていた。個人は自由と安全が保証され、自分の利益の追求に専念でき、それがまた都市の物質文明の向上に貢献していた。市民は生活必需品はもちろんのこと、嗜好品をも手に入れることができていた。

この個人主義的で物的な近代都市の環境はデカルトにとっても好都合だった。彼もまた自分固有の生産的な目的すなわち新たな哲学の構築に専念したかったからである。そしてその哲学は、まさに近代都市民の在り方と通じる、いやそれを根底から支える体の内容だった。アムステルダムのデカルトは、生活スタイルも近代的であったし、仕事の中味も近代的だったのだ。

デカルト哲学の基盤は、何といっても「我考える、ゆえに我在り」の定理である。この定理の意味するところは、端的には、考える物としての主体（「我考える」）と、存在する物としての客体（「我在り」）からなる二元論である。二元論といっても両項が対等にあるわけではない。主体が客体に先行し、かつ優越していて、客体の支配者になっている。そしてその客体とは、単に、存在する物としての我、つまり我の身体だけではなく、自然界のすべての物が意味されている。だからデカルトは、自分の哲学、とくにそのなかの、自然を対象にした自然学について、次のように豪語するのだ。「〔自然学の一般的な知識のおかげで〕我々は自然の主人かつ所有者になることができるのである。このことは、労せずして地上の果実、すべての便利な物々を享受することを可能ならしめる無数の技術の発明という点で望ましいだけではなく、また主として、間違いなくこの世の生の第一の善であり根本であるところの健康の維持にとっても望ましいのである」（『方法序説』第六部）。

デカルトは、科学の力によって自然界を支配し、それで個人の健康維持つまり延命存続を確固たらしめようとしている。これはまさにその後今日まで続く近代的な人間中心主義の考え方にほかならない。

荒れ狂う存在

なぜこのような考え方が可能になるのかというと、それはひとえに「存在する」という事態に生命の豊饒を、理不尽なほどの豊かさを見ていないことによる。デカルトの身体も自然界の物々も、力によって運動するとみなされてはいるが、それはあくまで、考える我の支配と所有が可能になる限りでの動き、つまり計測可能な合理的な動きにすぎない。

「存在する」ことの豊饒さから逃げているのが近代人だとバタイユは考える。「存在」を正視する彼の言葉は以下のとおりである。『内的体験』を扱った章でも部分的に紹介した一節だが、重要な文面なのでそのままとめて引用しておく。

この「存在(エートル)」、よりよく言い換えれば、我々が横目で避けるようにして眺めたがっている(眼が太陽の輝きを見るときと同様に)我々のなかのこの未知なるもの、これは、それ自体において恐ろしいものなのだろうか。わずらわしいものなのだろうか。たしかにそうなのかもしれない。哲学者たちの「我在り」だとか「存在」は、紙の純白さのような最も特徴のない、最も意味に乏しい事態なのだ。しかしほんの軽い衝撃でこの事態は熱狂へと変わるのである。突如真赤に激高して、それまで自分が名指すことができていた事物たちの明晰判明な静謐さに無関心になる「存在」――この突然の無関心によって「存在」は自分の在りようである奔流、輝き、叫びの可能性を明示されるのだ――は、稲妻のように噴出するエネルギーなのであり、同時にまたエネルギーの噴出ゆえに生じる死の危機への意識でもあるのである。存在するということは、じっさい、強い意味では、瞑想する（受動的に）ということではなく、行動するということでもない（というのも行動することによって我々は将来の目的のために現在の自由な振舞いを断念してしまうからである）。存在するということは、ほかでもない荒れ狂うということなのだ。（「人間と動物の友愛」一九四七年、拙訳『純然たる幸福』所収）

バタイユは言語表現をも経済の問題として捉えていた。非生産的に荒れ狂う存在に見合った言語表現は、文法の規則に従って単語をつないでゆく論理的言語（ディスクール）ではない。文字による表現のなかでは、不合理な詩の表現が最も非生産的であり、荒れ狂う存在に即しているとバタイユは考えていた。彼が『大天使のように』などの詩を創作した理由がそこにある。『内的体験』第二部「刑苦」のなかで突如詩への転調がはかられる理由も同様である。その詩の内容は、論理的言語に終始した本書『呪われた部分』の根底にあるバタイユの気分だったと言ってよい。

第二次大戦後のバタイユは、世界情勢への倫理的な認識から、非生産的消費が人類にとってなぜ必要なのか、その意味を明晰に語ってゆく方針をとったのだが、しかしだからといって彼の存在は、デカルトの定理「我考える、ゆえに我在り（Je pense, donc je suis)」のなかに安閑と留まっていたわけではない。未来のために自分を増大させてゆく生産的な態度からつねに呪われている現在時での非生産的な消費を、バタイユは相変らず強く欲していた。「無意味の意味」を語っていた一九五〇年代の草稿にはデカルトをもじったこんな表現が見出せる。「私は自分を増加させている、ゆえに私は存在していない。私は消費している、ゆえに私は存在している（Je dépense, donc je suis)」。

ともかくも、未来時に成就するはずの思想伝達のために論理的言語を綴っていたバタイユには、同時にその拘束から今すぐにも脱したいという欲求が次の（『内的体験』第二部「刑苦」の）詩のように激しくこみあげていたのである。

私はうめく、もう望んではいないのだ
もう耐えることができないのだ
私の牢獄を。
苦しげに
私はこう言う
私を窒息させる言葉たちよ
私を放っておいてくれ
私を放してくれ
私は別なことに飢えているのだ。

私は死を欲しているのだ
こんな言葉たちの支配など
望ましい恐怖のかけらもない連鎖など
認めたくはないのだ。
私というこの自我
こんなものは何でもありはしない
存在するものの
だらしない受容というだけだ
私は憎む
この道具の生を。
私は裂けめを探している
私の裂けめをだ
砕かれるためにである。
私が愛するのは雨、
雷、
泥、
水の漠たる広がり、

大地の底。
断じて私などではない。
大地の底で
おお、私の墓穴よ、
私を私から解放してくれ、
私はもうこんな存在を望んではいないのだ。（『内的体験』第二部「刑苦」）

このような合理的な言葉への憎悪こそが、普遍経済学に賭けるバタイユの内的なモチーフである。既存の合理的な経済学を打破して、豊饒で広汎なエネルギー流を語るバタイユの内的な動因なのである。バタイユは、詩と詩人の直感が経済学にまで達する射程を持つことを確信していた。ブレイクの詩句「溢れる豊かさこそ美だ」が本書『呪われた部分』の題辞（エピグラフ）に据（す）えられているのは、この確信の正しさを言いたてるものだ。

彼が右の詩中で記した「雨、雷、泥、水の漠たる広がり、大地の底」は『ドキュマン』時代（一九二九―三〇）には〝低い質料〟と呼ばれていた。一九三三年の「消費の概念」ではその質料はこう説明される。「質料とは、世界の経済（合理的な経済）に対する非論理的な差違によってのみ定義されうる。この差違は、ちょうど犯罪が法律に対して示す差違と同じものだ」。もはや合理的な収支の法則を逸脱する余剰が世界と人間を動かしているというのがバタイユの認識であり、二十世紀の歴史の展開はその認識の正しさを悲劇的なかたちで証してやまなかった。テロと戦争が横行する二一世紀の今日でも事情は同じだ。溢れる豊かさの恐ろしい面を自分のなかで意識できていない者たちが、〈自己意識〉を持てない人間たちが、余剰を悲劇へ差し向けているのである。

【邦訳】 生田耕作訳『呪われた部分』(二見書房)

第8章　『アセファル』（一九三六―三九年）

――悲劇的共同体

政治から宗教へ

バタイユは、一九三五年、反国家主義・反ファシズムの政治団体《コントル・アタック（反撃）》をブルトンらのシュルレアリスト主流派と結成したが、これは内部分裂がもとで一年足らずで瓦解してしまった。バタイユはしかし、ただちに雑誌『アセファル（無頭人）』を発刊し（一九三六年六月）、同じ名称の宗教秘密結社を組織した。この雑誌と秘密結社は、参加者が異なるため、同一の枠組で捉えることはできないが、しかし少くとも主謀者バタイユにおいては考えは一貫していた。

雑誌『アセファル』の対象領域は、宗教、社会学、哲学と表紙に明記されている。そこに政治という言葉はない。秘密結社《アセファル》が「**宗教的**目的（ただし反キリスト教的な、主としてニーチェ的な）」（一九五八年のバタイユ自身の「自伝的記述」より）に向けられていたことを考え合わせれば、一九三六年のバタイユの立地点は、政治から宗教へ移ったと言える。

ただし宗教とはいっても並の宗教ではない。雑誌『アセファル』第一号に掲載されたバタイユのマニフェスト「聖なる陰謀」には、「我々は獰猛（どうもう）なほどに宗教的だ」と強調文字で記されている。〝陰謀〟、そして〝獰猛なほどに〟という言葉に込められているのは、近代的な文明の秩序すべて、とくにファシズムをも含む近代的な政治体制すべてに荒々しく抗うということだ。

要するに、一九三六年のバタイユの政治から宗教への移行は、単なる政治からの逃避ではなく、根源的な近代政治批判という意味合い、つまり近代政治の地平の下に降りてゆき、そこから近代政治への反抗を試みるという意味合いを持っていたのである。

バタイユにはもはや、眼前のヨーロッパの政治の地平で展開する対立図式が非本質的なものに見えていたのだ。すなわちヒトラー、ムッソリーニらのファシズムを、既成の左翼陣営すなわちスターリン独裁体制支持の共産党国際組織と対立させる図式も、さらにはファシズム国家を、仏・英などの民主主義国家（一国平和主義に逃げ込む弱腰で利己的な民衆の国々）と対立させる図式も、非本質的なものに、それどころか欺瞞にさえ見えていたのだ。

ファシズムに本質的に対立しうるのは、近代政治の地下で展開される獰猛な宗教性でしかないとバタイユは見ていた。《コントル・アタック》にはこの宗教性が欠如していた。雑誌『アセファル』、そして秘密結社《アセファル》のバタイユは、ニーチェとともに、かつニーチェを超えて、この宗教性に、この地下的な近代性批判に、向かうのである。

ニーチェのテーマから

宗教的ということでバタイユが考えていたのは、非キリスト教的、主としてニーチェ的ということだった。

雑誌『アセファル』、秘密結社《アセファル》のバタイユにとって、ニーチェのテーマで第一に重要だったのは〈神の死〉である。神といってもバタイユは、キリスト教の神だけを念頭に置いていたのではない。王、独裁者そして人間の頭といった上部の抑圧的な存在いっさいを否定することを考えていた。じっさい〝アセファル〟(acéphale)というフランス語は、頭部のない存在を意味している。

次に重要なニーチェのテーマは、そのように頭からの抑圧を解かれて自由に躍動している生命、ニーチェがとくに〈ディオニュソス的なもの〉と呼んでいた生命である。ニーチェに頭部否定のテーマがあるわけではないが、古代ギリシアの豊饒・陶酔・狂気の神ディオニュソスに仮託してニーチェが熱く語っていた生命は、バタイユが求めていた過剰で、矛盾に満ちた生命と重なるところがあった。

このバタイユの生命観は、画家アンドレ・マッソン(一八九六―一九八七)が雑誌『アセファル』の表紙のために描いた図像(左図参照のこと)に、象徴的に描かれている。すなわち頭のない存在が右手に炎を発する心臓を、左手に鋭い短剣を握りしめている姿がそれだ。バタイユによれば、「この存在は、〈誕生〉と〈死〉を同一の噴出のなかで結合している」(「聖なる陰謀」『アセファル』第一号所収)。生物を生みだす力と、それを滅ぼす力。この生命の二つの矛盾した力が、頭部の介入がなくなったため、それ本来の在り方を、つまり混然一体と湧出するという在り方を、取り戻しているのである。マッソンの図像では、そのことがさらに、股間の性器の個所に髑髏(どくろ)が埋めこまれている表現で暗示されている。「死におけるまで生を称える」という後年のバタイユのエロティシズム観を先取りする表現でもある。

ニーチェにおいて〈神の死〉のテーマはまた〈大地への愛〉のテーマとも関係していた。〈大地への愛〉とは、地上界の上にイデア界、神の国といった超越界を設定する二世界説を人為的捏造として排し、万物がただ無心に生滅流転するこの地上界をそのままに肯定するということが眼目になっている。『ツァラトゥストラ』で展開される後期ニーチェの重要なテーマだ。

バタイユはこれを受けて、誕生と死をもたらす生命の矛盾した全体像を〈大地〉と表現している。

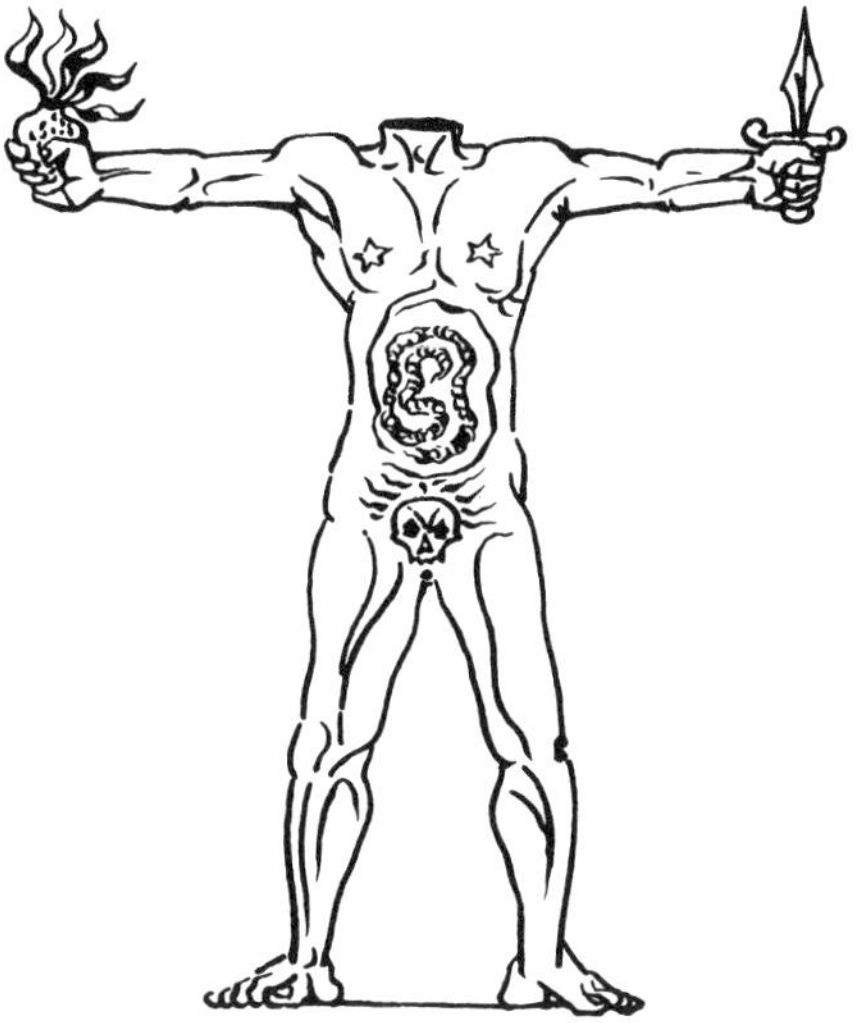

▲アンドレ・マッソンの図像

ただしバタイユの〈大地〉は、ニーチェのそれよりも地下へ開けている。マッソンの図像では、腹部に露呈している内臓が地下の迷宮を象徴していることになるのだが、それはともかく、バタイユが地下への開けにこだわった理由は、ナチス・ドイツが、この地下への開けを嫌がっていたことにある。もっとも、大方の西洋の近代人も、同様の嫌悪感にかられていたのではあるが。

ナチスが嫌悪したもの

ナチスの御用理論家で、終戦後のニュルンベルク軍事裁判で死刑に処された唯一の文人アルフレート・ローゼンベルク（一八九三―一九四六）は、一九三〇年代に、アーリア人を北方白人の純血種と想定し、その優越性を説いて、ナチスの人種差別政策を正当化していたが、古代ギリシアの神々にもこの識別を持ちこんでいた。すなわちローゼンベルクは、ギリシアの地へのアーリア系侵略民族がもたらした光と天空の父性神・英雄神（ゼウスはその筆頭）を称え、その一方で、侵略を被った非アーリア系先住民族の大地母神・地底の神々（デーメーテール、ハデスなど）を、不道徳性、知性の欠如、不気味な暗さゆえに蔑視した。ディオニュソス神も、ローゼンベルクによれば、後者の地底の神々の一柱に、その代表格に、類別される。ともかくローゼンベルクは、これら地下の神々、そして地下を、「本能的なもの、形をなさぬもの、邪悪なもの、性的なもの、恍惚としたもの、冥界的なもの」（『二十世紀の神話』）とみなして、嫌悪していたのである。

この見方は、バタイユにとっては逆に、反ファシズムの立場を示す格好の基点になった。というのも、地下的な神ディオニュソスも、ディオニュソスに憑かれたニーチェも、ディオニュソスとニーチェにそして大地の母性的な暗さ（自分が生みだしたものを滅ぼす理不尽さ）に牽引されるバタイユも、ナチスの美学の反対側にいることを、ナチスの御用学者自身が証してくれていたからである。

もともとバタイユは、形をなさず邪悪であるばかりの地下的な大地の特徴に憑かれていた。すなわち一九二九―三〇年の『ドキュマン』誌の時代に、〈低い質料〉という概念をそのような特徴のもとに呈示し、これを嫌う近代を転覆しようと模索していたのである。

ともかくローゼンベルクの見解は、ナチスが西洋近代の枠のなかにいることをバタイユに確認させた。バタイユは、雑誌『アセファル』を、地下的な大地への開けを語って反ファシズム・反近代の立場を表明する言論の場にした。そして秘密結社《アセファル》を、この開けのための実践の場にした。

悲劇的

バタイユにとって、地下的な大地へ開けてゆくとは、獰猛なほどに宗教的になるということであり、これはさらに言えば、死の脅威を諾って人間間に(人間と大地の間にも)深い共同性を実現してゆくということであった。この深い共同性こそ、西洋の近代人たちに欠如しているものであり、民主主義から共産主義、ファシズムまでの彼らの政治的共同体構想への重大なアンチ・テーゼになるとバタイユは認識していた。

死の脅威を恐れずこれに正面から対峙するというテーマは、ヘーゲルの『精神現象学』の「序文」でも語られており、その一節はバタイユも一九五五年発表の論文「ヘーゲル、死と供犠」のなかで〝最も重要なテクスト〟と題して紹介している。しかしヘーゲルの〈精神〉は、この危機的な死との対峙をいわば一つの人生経験に収めて、個としての生を回復してゆく。ちょうど、十字架上で死んだイエスがそこから人類の罪深さと救済の必要性を学んで復活していったように。

このように死の体験を個の再生復活のために利用してゆくのは西洋独特の姿勢であり、ヘーゲルはこれをキリスト教から近代へ橋渡しする役を演じた（ヘーゲル弁証法の〈精神〉とはキリスト教神の精神であるとともに近代人の精神でもある）のだが、『アセファル』のバタイユは、むしろ死の脅威をそれ自体として肯定してゆくニーチェの〈悲劇的〉姿勢にこそ深い共同性への可能性を見出していた。

ニーチェの〈悲劇的〉というテーマは、処女作『悲劇の誕生』だけでなく彼の様々な作品そして遺稿断章のなかに見出せる。バタイユがとくに注目したのは、ニーチェの精神生活の晩年、一八八八年の春に書きとめられた断章である。八つ裂きにされて死んだディオニュソス神と十字架刑に処されたイエスとを対比させながら、ニーチェは前者に「否定され折半された生ではなく、全き生の宗教的肯定」を見てゆく。この全き生では「性的行為が、深みを、秘密を、畏敬を、呼びおこす」ともニーチェは語る。そして苦悩に対する二類型をこう説くのだ。

「十字架にかけられた者」対ディオニュソス、ここに諸君は対立を持つ。それは殉教に関しての差違ではない――ただ殉教の意味が違うのである。生そのもの、その永遠の産出力と繰り返しが、苦悩を、破壊を、絶滅への意志を、可能にする……

前者の場合には、苦悩が、「罪なき者として十字架にかけられた者」が、この生に対する抗議であり、生を排撃する表現として見られる。

おわかりであろう。問題は苦悩の意味なのだ。キリスト教的意味か、悲劇的意味か、ということ……。前者の場合では、それは至福な存在への道たるべきものであり、後者の場合では、すでに存在そのものが、巨大な苦悩をも肯定できるほど十分に至福であるとみなされている。悲劇的人間はどんなに苛酷な苦悩をも肯定する。彼は、そうしたことができるだけに十分強く、豊かで、神化する力を備えている。

キリスト教的人間は、地上におけるどんなに幸福な運命をもなお否定する。彼はいかなる形式の生を与えられてもなお生きることに悩むというくらいに、十分弱く、貧しく、持ちものがないのである……。（白水社『ニーチェ全集』第十一巻（第Ⅱ期）、八二―八三頁、氷上英廣訳、一部改訳）

この断章は、ディオニュソス特集号となった『アセファル』第三―四合併号（一九三七年七月）の冒頭のアンソロジー「ディオニュソス」で紹介されている。同号にはバタイユの論考「ニーチェ時評」も掲載されている。そのなかでバタイユは、生の豊かさから「どんなに苛酷な苦悩をも肯定する悲劇的人間」を孤立した存在としてではなく、集団として捉えて、共同体の原理に据えた。パリで上演されたジャン゠ルイ・バロー演出のセルヴァンテスの悲劇『ヌマンシアの包囲』が、バタイユをそのような発想へ強く駆りたてていた。

ヌマンシアの悲劇

ヌマンシアは、現在のスペイン北東部内陸地帯のソリア市近郊に、紀元前三世紀頃、ケルトイベリアの強力な部族アレウァキー族によって作られた要塞都市である。二十年にわたって古代ローマ軍の攻撃を受けたが、紀元前一三三年、カルタゴを滅ぼしたローマ軍の武将スキピオ(小)と六万の軍勢の徹底した攻囲作戦によって落城した。その直前に八千の市民たちは自らの都市に放火し、ほぼ全員焼身自殺した。

この悲劇をスペインの文豪セルヴァンテス(一五四七—一六一六)は戯曲『ヌマンシアの包囲』(一五八五年頃)に著したが、この作品はのちに、その高揚感あふれる愛国的表現ゆえにイギリスのシェリー(一七九二—一八二二)、ドイツのゲーテ(一七四九—一八三二)らの作家から称賛された。一九三六年七月から三九年四月までのスペイン内戦(フランコ将軍率いるスペイン軍部と右翼勢力が反ファシズムの人民戦線政府に武装蜂起して始まった戦いで、勝利したのはフランコ側だった)のさなかにおいては、人民戦線側の兵士たちにより、古代ローマ軍をフランコ主導のファシズム勢力に見立てるかたちで好んで演じられた。

　バタイユは、そのような愛国主義的な面や党派的な演出とは違った角度から、この戯曲を高く評価した。すなわち、死、夜、地底といったこの世の不合理な原理を共有して生きる人々の共同性、「心情の共同体」が描かれているとして評価した。一九三七年四月‐五月にパリで上演された『ヌマンシアの包囲』は、ジャン＝ルイ・バローの演出、そして何よりも神秘的な効果をかもしだすアンドレ・マッソンの背景装飾とで、バタイユをそのような解釈へ導いたのだ。

　古代ローマの軍勢に包囲され死に直面したヌマンシアの城壁内に現れたのは、バタイユによれば〈大地〉だった。「生者たちの世界に屍（しかばね）を返すためにぱっくり口を開ける〈大地〉、錯乱のうちに死へ突き進む生者にぱっくり口を開ける〈大地〉」だった。城壁の外では一人の武将の統率によって共同体ができあがっていたのに対し、城壁の内では〈大地〉と〈夜〉の気配のなかでヌマンシア市民たちの頭部なき共同体が形成されていた。そこにこそ近代人が忘却してしまった根源的な共同体の姿があるとバタイユは説き、さらに次のように続ける。

> 　集団の実存ということで目下のところ人々の脳裏に浮かぶのはきわめて貧しいものであって、現在では、人間の共同の活動の根本的な目的として死を呈示する表現、食糧や生産手段ではなく死を呈示する表現には人々はただただ尻込みするばかりである。たしかにそのような表現は、すべての時代の宗教的実践の総体の上に立脚している。だがこと現代では、宗教の現実を表面

的な現実とみなす習慣が優勢になってしまったのだ。共同の生の現実――ということは結局人間の実存ということだが――が、夜の恐怖と、死が広める恍惚的な痙攣とを共有することにかかっているなどと、もはや誰一人として考えなくなっている。そのため、ヌマンシアの現実は、個人の悲劇の真実よりもずっと理解しがたくなっている。ヌマンシアの真実は、宗教的真実にほかならない。ということは要するに、今日無気力に生きている人々が排除しているものにほかならないということだ。〔……〕

ヌマンシアに目下の戦争〔スペイン内戦のこと〕の表現が見て取れるという理由でヌマンシアを愛するという事態には、ただ思い違いと安直さがあるばかりである。そうではなく、この悲劇は、政治の世界に、次のような明白な事実を導入している。すなわち、今始められた戦闘が意味を持ち有効になりうるのは、ひとえに、惨めなファシズムが、政治的に扇動された否定とは別のものに、つまりヌマンシアが表わしている心情の共同体に、真正面から出くわす以外にはない、という事実である。

こうした常識を覆す見方の原理は、次のように簡潔に表現しうる。すなわち、**一人の首長が築く独裁制的統合**に、**悲劇の執拗なイメージによって結ばれた首長なき共同体**が対立する、というものだ。生は人々が集合することを求めている。そして人々が集合するのは、一人の首長によるか、悲劇によるかのいずれかでしかない。**頭部なき**人間の共同体を追い求めるということは、悲劇を追い求めることなのだ。首長を死なしめることも悲劇である。この首長の処刑は悲劇を求めているということなのだ。ここに、人間の事態の様相を変える一真実が始まる。共同の実存に執拗な価値を与える情動的な要素は死だという真実が。（「ニーチェ時評」、『アセファル』第二―四合併号、一九三七年七月）

聖なる共同性は形をなさない

ファシズムに根源的に対抗しうる力は宗教にしかないとバタイユは考えている。だが死の脅威を諾（うべな）った人々の間で生じる宗教的な共同性は、むしろ非力なものであって、ファシズムのような政治イデオロギーに対抗しうる持続的で堅固な力にはならない。ヌマンシアの民衆が死の不安のもとに共同性を深めても結局はローマの軍勢の前で無力だったのと同様に、根源的な体験としての宗教は政治的・軍事的な勢力に対して有効な反対力を形成しないのである。

これはひとえにこの体験が形と無縁だということによる。そもそも死の脅威を諾うとは、死から自分を守る自己保存本能が内部の別の本能によって乗り越えられているということだ。換言すれば、形ある個として自分を壊してもかまわないとする激しい情動が内から湧いているということである。宗教的な共同性とは、形ある自己を半壊させながら湧出している情念間の交流のことである。そこには定まった形はない。不定形の液状の流れしかない。

宗教的な共同性は、それゆえ組織であれ教義であれ形あるものと根源的に相違しているのであり、有形化されると不純になる。だが強くなる。宗教団体は、宗教的には不純だが、強い。独善的な存続と発展への意志。宗教団体は個としての人間の相貌と同じ強さをあらわす。

『アセファル』の時代のバタイユは、無形の弱さに根差しながら有形の強さを欲するという矛盾をおかしていた。「宗教を創設しようとした」というのがこの矛盾に関するバタイユの後年の反省の弁である。「宗教を創設することとそれに要する努力とは、《宗教》が求めているものに逆行する。我々ができるせいいっぱいのことは、宗教を探し求めることなのだ。宗教を発見することではない。発見は必然的に価値を帯び、定義の形を持ってしまうだろうから。とはいえ私は宗教的になることはできる。何よりも、自分が何においてまたどのような在り方で宗教的であるかを定義するのを差し控えることで、私は宗教的になることができる」(『無神学大全』のための「総序」の草稿、一九五九―六〇年)。

第二次大戦の勃発(一九三九年九月)で雑誌『アセファル』、秘密結社《アセファル》がともに解体したのち、バタイユは一人、『無神学大全』となる三作品『内的体験』、『有罪者』、『ニーチェについて』の執筆に向かうのだが、そのときにはもうこの矛盾に覚醒して、形なき共同体を求めるようになる。「共同体という言葉は〈教会〉あるいは修道会とは異なった意味で理解される」(『内的体験』)。「私としては、形態が人の望みうる限り緩い共同体、不定形ですらある共同体を想像することができる。この共同体の唯一の成立条件は、道徳的自由の体験が、個人の自由という凡庸で自由を無化し否定してしまう意味に還元されずに、共有化されること、これだけである」(『ニーチェェ覚え書き』（一九四五）。

かくしてバタイユは、西洋の共同体問題の極北へ達したのだ。一九八三年、雑誌『アレア』に発表されたジャン＝リュック・ナンシーの名論「無為の共同体」によれば、あたかもバタイユは「自分の生きている世界の試練の極地へ導かれていったかのようである。すなわち宗教的あるいは神秘的共同体の諸形象がすでに過去のものになり、共産主義のあまりに人間的な形象も終焉してしまっていて、もはや共同体のいかなる相貌も、いかなる図式も、いかなる指標も、与えられない、そういう極地へ導かれていったかのようなのである」。モーリス・ブランショは、このナンシーの論文にただちに反応して『明かしえぬ共同体』（一九八三）を発表した。その第一部「否定的共同体」においてブランショは、バタイユがこの極地でなおも「共同体を持たぬ人々の共同体」、つまり形なき共同性の可能性を説いていたことをナンシー以上に強調したのだった。

【邦訳】兼子正勝・中沢信一・鈴木創士訳『無頭人（アセファル）』（現代思潮社）

《バタイユに魅せられた人々》

岡本太郎（一九一一―一九六）

画家の岡本太郎は、バタイユに直接遭遇し、その人と思想に魅せられ、《社会学研究会》、《アセファル》などで行動をともにした唯一の日本人である。貴重な証言も残している。その一節を紹介しておこう。一九三五年におこなわれた反ファシズムの政治結社《コントル・アタック》の講演会で岡本は始めてバタイユを見たのだった。壇上にあがった「発言者の中で、私をもっとも強くひきつけたのはバタイユだった」とし、さらにこう続けている。

「重みのある身体。くぼんだ、しかし熱をおびたトビ色の眼。だがもっと印象的なのは彼の口、というより歯である。糸切歯がやや前向きに生えていて、獰猛な魚の牙をおもわせる。一つ一つ例証をあげ、きめ込んでゆく語気は、たしかに火を吐くという感じだった。

それから一、二年たった。私は当時「絵画」の美学的限界に疑問を抱き、絵筆を捨ててソルボンヌの哲学科で社会学、民族学の勉強をはじめていた。パリに住みなれて、ようやく外国人であり絵描きであるという特殊性、抽象性にやりきれない空虚と不安を感じ、それをのりこえる方向を自分に発見したかったからだ。

ちょうどバタイユが中心になって、ピエール・クロソウスキー、ロジェ・カイヨア、ジョルジュ・アンプロジノなどが協力し、コレージュ・ド・ソシオロジー（社会学研究会）が組織された。私も誘われてこれに参加し、バタイユに接する機会が多くなった。一九〇一年生まれ（一八九七生まれの誤まり）の彼は三十代、ちょうど十歳若い私は二十代のなかば頃であった。私は強烈な個性によって貫かれた彼の実存哲学、その魅力にひきずられた」（みすず書房刊『岡本太郎の本1』所収の「わが友—ジョルジュ・バタイユ」）。

画家の目と確かな文章力をそなえた岡本ならではの興味深い報告である。岡本は一九三八年夏からバタイユ主催の秘密結社《アセファル》に加わるが、この組織にも〈権力への意志〉を感じて脱会する。しかしバタイユはその後の彼の意識の底に住みついて、戦後日本での彼の画業にも影響を与えた。一九四七年作の《夜》などはその代表例である（詳しくは人文書院刊の拙著『バタイユ聖性の探求者』所収の「夜の遺言」をお読み頂きたい）。

第9章 『ラスコーあるいは芸術の誕生』（一九五五年）

——イデーのために

イデー（発想）か実証か

「百のイデーも九〇までは実証で死ぬ」。

日本から研究で来ていた自他ともに〝実証の鬼〟と認める仏文科のその先生は、最後に私にそう言い切って、パリの地下鉄リュクサンブール公園駅の階段を降りていった。

今から二〇年ほど前の冬の夜のこと。留学中の身であった私は、お相伴（しょうばん）で夕食をごちそうになりながらも、その先生に「イデーを語らぬ者は文学への背反です」「先生を文学へ駆りたてたものは実証だったのですか、イデーだったのですか」と毒づいてしまった。文学部への帰属意識がひときわ強いその先生に何ともぶしつけな言い方をしたものである。

バタイユの美術評論『ラスコーあるいは芸術の誕生』（一九五五）はイデーで充満している。自分の感動や直観に発する価値観、想念で満ち満ちている。他方、先史学の分野は、当時も今も、文学研究など較べものにならないほどの実証の牙城だ。したがって、バタイユのこの本も評判がよろしくない。黙殺されるか、せいぜい次のようなコメントで片づけられるのが落ちである。「本書は、壁画、刻画のカラー写真が豊富に挿入されている。だが解説文の意義は、先史学者から疑問視されている」（マリオ・リュスポーリ著『ラスコー』、ボルダス社、一九八六年）。

壁画の制作動機

本書『ラスコーあるいは芸術の誕生』でバタイユが呈示している最大のイデーは、題名にもある〈芸術の誕生〉である。最近日本で出版された先史洞窟壁画研究の好著『ヒトはなぜ絵を描くのか』（フィルムアート社、二〇〇一年）の第一章において、編著者で美術評論家の中原佑介氏は、対話文の形式でバタイユの本書の骨子を的確にまとめているが、この〈芸術の誕生〉のテーマには同意しかねている。

A　絵画を何かの道具と見るのは一種の機能主義的視点ですね。他方、絵画を実用的目的と無縁なものとして見るのは、芸術のための芸術という見方とつながっています。いずれにしても、それは現代の我われに馴染みの考え方、見方であって、それらが三万年前のホモ・サピエンスにも通じるのでしょうか？

B　その点についてはなんともいいようがありません。しかし、そういってしまうと、洞窟画については何もいえなくなってしまいます。たとえば、洞窟画を実用という視点から解放し、それが芸術だということをもっとも積極的に主張したのはフランスのジョルジュ・バタイユです。バタイユは芸術は旧石器時代後期に出現したホモ・サピエンスとともに始まったと断言します。洞窟画は労働の世界から遊びの世界への移行を意味し、ホモ・サピエンスは遊びのひとつの形態である美的活動を始めたのだといいます。洞窟画を描いたラスコー人は、オランダのホイジンハの提唱した、人間を「ホモ・ルーデンス（遊ぶヒト）」という定義がもっともふさわしいとバタイユはいっています。

A 洞窟画道具説の否定としては緻密な議論だと思いますが、四百二十世代前の先祖と今日の我われが、同じ遊びとしての芸術という芸術観を持つといわれても、そうかなと思うのですね（『ヒトはなぜ絵を描くのか』第一章「絵画は動物を描くことから始まった」）。

フランス南西部、ラスコーの洞窟に壁画が描かれたのは、今からおよそ一万七千年前のことである（しかし近年、この洞窟の竪坑「井」から出土されたトナカイの角の投槍破片を科学的に測定した結果、一万八千六〇〇年前のものという数字がでてきた）。描いたのは、ホモ・サピエンスのなかのクロマニョン人である。彼らは、もやは現代人と同じ歩き方、同じ容貌をしていた。しかし彼らが現代人と同じように芸術という考えを持っていたかどうかは定かでない。そもそも一万七千年前に文字は存在しておらず、彼らの文化を証す文献資料は何もないのである。そのような時代を、近代西洋の歴史学者たちは先史時代と呼んだ（先史時代を意味する仏語 préhistoire が生まれたのは一八七四年頃）。そして、文字が存在する時代を歴史時代、あるいは有史時代と呼んで、大きな境界を設定した。書き文字を重視する西洋の主知主義的な姿勢がそこにうかがえる。

ともかくラスコーの壁画の制作動機を知る有力な手がかりは壁画の図像にしかない。バタイユの時代の先史学者たち、その代表格は『洞窟芸術の四万年』（一九五二）を著したアンリ・ブルイユ（一八七七―一九六一）であったが、彼らは、壁面を飾る動物たちの図像にしばしば矢や罠に似たものが描き添えられていることから、壁画の制作動機に呪術的意図を見たのだった。狩猟の成功を祈願する姿勢、絵画に呪い（まじない）効果を期待する姿勢を見てとったのである。先に引用した中原氏の言葉によれば、この呪術的意図とは〝実用的目的〟であり、〝絵画を何かの道具にする〟態度である。

クロマニョン人が狩猟を生業にしていたことは、残された石の矢じりや矛先から判明していた。バタイユの時代の先史学者たちは、アジアやアフリカの現存の狩猟民族が呪術的な意図から図像や彫刻を制作している事実を支えにして、同じことが旧石器時代の狩猟民族にも言えると解釈した。〝考古学的類推〟と呼ばれる手法である。

バタイユはラスコーに呪術的意図はなかったと主張しているわけではない。呪術的意図を過大視するあまり、それを超える意図が見えなくなることに警鐘を鳴らしていたのである。

芸術の誕生

ラスコー以前の人類はまだ「萌芽の状態」にあったとバタイユは見ている。「萌芽の状態」とは、この場合、主として労働、呪術などの功利的な行為にしか目覚めていない人類の状態を指す。たしかにバタイユの時代においても、ラスコー以前に芸術的な洞窟壁画があったことは分かっていたし、バタイユも知っていた。フランスの地下はまさしく先史時代美術の宝庫であって、近年ではコスケール洞窟、ショーヴェ洞窟、キュサック洞窟などからラスコー以前の作とされるみごとな壁画が多数発見されている。しかしそれらの図像は、色のない線刻画（壁面に線を彫って図像を表したもの）であったり、色があっても単彩色で輪郭を描いただけの絵であったり、その描き方にしても迫力はあっても素朴なところがあったりで、人類はいまだ芸術的な面でも「萌芽の状態」にあったと言える。

これに較べ、ラスコー洞窟においては、表現力が格段に豊かになり、色彩も美しくなって、功利的な労働、呪術とは違う面がはっきり出てくる。バタイユはそこに芸術的な意図つまり「驚異への意志」を感じ、それをもって人類は萌芽から開花へ達したと考えるのだ。功利的な意図を持ちつつも、それを上回る勢いで、非功利的な〝遊び〟への意図、芸術的な意図を発揮して、人類は真に誕生したと考えるのである。

芸術を誕生させてはじめて人類は人類として誕生したとバタイユは主張するのだが、この場合の芸術の誕生とは、哲学者が芸術という概念をはっきり打ち出したとか、壁画の制作者が自分は芸術家なんだと宣言したということではない。前述したように文字としての記録がないのが先史時代である。しかしだからといって、芸術がなかったとも言えないのだ。芸術の本質たる無意味な生命の表出がラスコーの壁画には感じられるということである。

生業たる狩猟を終えると、捕獲した動物をさばいて毛皮は衣料に、肉は食用に、骨は道具にそれぞれ仕立ててゆき、翌日はまた矢じりを研いで、猟の訓練をし、呪い（まじない）や祈願をすませてから狩りへ出てゆく。そのような生き延びてゆくための意味ある行為のサイクルを逸脱する無意味な生命の表出がラスコーのみごとな壁画には強く感じられるということなのだ。意味あるサイクルの一環をなす呪術的意図を超える無意味さがラスコーの動物たちの図像には溢れているとバタイユは考えるのである。

驚異への意志

ともかく、ラスコーの図像に呪術的意図を見たがる先史学者たちへのバタイユの批判を聞いておこう。

本書で私たちが念頭に置いているものは芸術の誕生である。それは、ラスコーが今日、私たちに、その最も魅力的なイメージを、その最も豊かで感動的な面を、呈示している芸術の誕生である。だが再度言っておくが、私たちは、芸術の誕生の意味を、この誕生に先立つ萌芽の状態から切り離すことができなかった。

萌芽の状態からの脱出こそが根本的な意味を持つのだ。厳密に言って芸術の価値を持つのは唯一遊びという要素だけなのだが、私たちとしてはたしかに、この遊びの要素を前にして、呪術的な意図という要素をも、そしてさらにこの要素を通して利益を求める打算という要素をも、考慮に入れておかねばならない。しかしそうであっても、根本的な意義を持つのは萌芽の状態からの脱出の方、すなわち遊びの方なのだ。先史学者たちは、呪術的意図の要素と遊びの要素それぞれの相対的な重要性を議論してきたが、今日、この両方の要素が影響を及ぼしていたはずだということで合意に達している。しかし私は、彼らの考えのなかではかなり頻繁に呪術的意図の方が、したがって利益の方が、まさっているのではないかと心配している。あれらのいわば神的な図像が、当の制作者たちにとっては、自由な創造と祝祭という要素を表していたはずであるのに、彼ら先史学者たちは、この要素を、おそらく臆病さから、ただ慎重に、二義的に、語る傾向があるのだ。私にはそう見える。彼ら先史学者たちは、共感呪術〔例えば或る動物と何かしら関係を持つと当事者たちが思っている物体に祈願などの働きかけをおこなってその動物に呪(まじな)いを及ぼそうとする間接的な呪術〕によって動物を射止めようとする欲求の方を強調する。たしかに動物たちは、狩猟の成果への期待に応じて、矢が体に届いた姿で描かれているる。私たちは、狭い意味での物質的な意図が、これらの絵画の魔力を通して追求されていると認めねばならない。ラスコーの人々の精神のなかで、呪術は、ちょうど古代史や民族誌学が研究している人々の精神のなかで占める場所と似た場所を占めていたにちがいない。だが、このような実利的な行動への意志に多大な意義を与える習慣には抗議してよい。要するに私たちは、いかなる祭礼の行為においても、一個の明確な目標〔実利的な目標〕の追求は、とりわけて当事者たちの様々なる意図を通してしか実施されないということをはっきり認めねばならないのだ。彼ら祭礼の当事者たちの多様な意図は、いつも、宗教的で感性的（美的）な現実の全体を内包している。いたるところでこの多様な意図は、芸術が目的としてめざしていたものを内包している。その芸術の目的とは、人間の本質に含まれる驚異への欲望に応える方向で世界を変えてゆきながら、一つの感性的な現実を創造してゆくことなのである。このような芸術の目的の恒常性と普遍性を考えるのならば、或る芸術作品に固有の特殊な意図なるものの範囲の狭さを見ないわけにはいかないだろう。この芸術の目的をはずれた芸術作品が一つでもあるだろうか。とすれば私たちは、この芸術の目的のために、芸術作品のなかの孤立したもの、卑小なものを無視してゆかねばならない。孤立した要素は生き残らない。忘れられてゆく意図を無視できる者には、驚異への意志は絶えず感じられるのだ。（『ラスコーあるいは芸術の誕生』、「ラスコーの人」の章から「禁止を超える行為としての遊び、芸術、宗教」の節）

宗教と芸術

壁画が描かれているのは洞窟の奥まった所であり、そこは住居のための場所ではなかった。旧石器時代の人々は、洞窟の入口付近に住んで日常生活を送っていた。石器や食用動物の骨がもっぱら洞窟の入口あたりから出土するのでそのことが分かる。洞窟は真暗闇であり、火をたいても煙がたちこめてしまう。生活には適していなかったのだ。

旧石器時代の絵師たち（彼らは専門の集団をなし各地の洞窟を経巡っていたと思われている）は、野外で下絵の制作など周到な準備をしたのち、日常生活に不適な洞窟の内部へ入ってゆき、そこに足場を組んでスプーン型の石のランプをそここに点々とともして、動物画を、動物画だけを、壁面に描いていった。ときには進入困難な、ということは鑑賞に不向きな狭苦しい場所にも描いていった。

洞窟の内部が祭儀の場であったことは今日定説になっている。ショーヴェ洞窟では、ホールのような空間の中央にクマの頭蓋骨が岩の祭壇のごときものの上に置かれているのが発見された。先に引用した『ヒトはなぜ絵を描くのか』の最終章で編者の中原佑介氏は、先史時代の洞窟壁画はヒトが見るために描かれたのではないという大胆な結論に達している。闇のなかの壁画、進入困難で鑑賞に不向きな場にまで描かれた壁画は、大地の奥にいるはずの動物の創造主が見るために、つまりこの神へのメッセージとして、描かれたと、これまでの宗教的解釈を一段と深化させる判断を呈示している。第一章と同じく対話形式の文だ。

A　つまり、洞窟画はヒトにたいしてではなく、その動物の創造主へのメッセージとして描かれたというわけですか？

B　その創造主は洞窟の奥の目に見えないところにいると考える。多分、人間が女性の子宮でつくられ、そこから育ち、生まれてくるように、動物の創造主は自然の洞窟という子宮をもっていると考えたのではないか。洞窟を子宮として見るというのはひとつの定説となっています。そこへ動物を描くというのは、したがって仲間への直接的なコミュニケーションとはいい難い。それはヒトならざるものへのことばだった、わたしはそう考えたいのですね。それが人間同士のコミュニケーションというように位置づけられたのが、のちの絵画にほかなりません。

A　要約すれば、絵の始まりはヒト以外のものへのコミュニケーションのためだった、ということですか？

B　その絵がヒト同士のコミュニケーションとなり得ることを人間が知るようになったのはずっとあとです（『ヒトはなぜ絵を描くのか』最終章「ヒトは洞窟の奥に何を見たのか」）。

バタイユもまた、ラスコー壁画に「絵の始まりはヒト以外のものへのコミュニケーションのためだった」という考えを打ち出している。ただし彼は「ヒト以外のもの」を動物の神、創造主とは捉えていなかった。ヒトを驚かせ畏怖させる動物の生の力、つまり荒々しさ、力強さ、圧倒的な躍動感といった生の力をラスコーの人々は敬愛し、かつこの驚異的な生の力と交わり（コミュニケート）たかったのだとバタイユは考えた。

ラスコーの洞窟は私も訪れたことがある（現代思潮社刊の拙著『バタイユ　そのパトスとタナトス』

所収の「闇の中の抒情」をお読み頂きたい)。〝主洞〟と呼ばれる楕円状の大きな空間の壁面では、動物たちがにぎやかに、楽しげに、走り回っていた。その生命の躍動、豊饒さは、闇の効果が加わって、格別に神秘的に感じられた。

ラスコーの洞窟もおそらく祭儀の場であったのだろう。動物の創造神との交霊の儀式がそこでおこなわれていたにちがいない。だが重要なのは、ラスコーの人々は、創造神それ自体、観念化された創造神の存在と交わろうとしたのではなく、あくまで創造神の内実と、その驚異的なほどに豊饒な生命と交わろうとしていたということだ。それゆえに創造神への讃歌たる壁画も、あれほどに豊かで生き生きしたものになったのである。もしも単体としての創造神へのメッセージ伝達であったならば、壁画はもっと単純で簡素なものになっていただろう。

宗教の本質は宗教的行為である。そして宗教的行為の本質は聖なるものとの交わりである。延命のための日常の俗なる生活では感じられない生命の驚異的な相を生きるということである。祭儀はこの宗教的行為の集団化、企画化した営為だ。芸術は祭儀とともに生まれたのである。祭儀の場において、聖なるものに呼びかけ、聖なるものを現前化させ、聖なるものと共生する具体的な手立てとして、歌、踊り、詩、演劇、彫刻、絵画が生まれたのだ。

ラスコーにおいて芸術が今日のような独立したジャンルを形成したかどうかという議論は重要ではない。もとよりバタイユの関心もそこにはない。芸術は、本質において、宗教と未分化なのである。昔も今も、すぐれた絵画は、宗教画かどうかにかかわらず、すぐれて宗教的なのである。聖なる生命を表出させているということだ。ラスコーにおいて重要なのは、壁画制作という芸術的行為が、宗教的行為とともに聖なるものを共有しつつ、同時に壁画固有の表現の営みを十全に、これ以上ないというほどみごとに、開花させたということなのだ。

孤立した要素は生き残らない

実証かイデーかの議論に戻ると、実証的研究は孤立していてはならないと私は思っている。実証的研究もイデーに強く駆りたてられ、最終的にはイデーへ開けてゆくべきなのだ。

絵画について言うと、古代や中世の図像には、今日その意味が忘れられてしまった象徴、記号がいくつも記されている。当の時代の文化的資料に立脚してその忘却された意味を発掘してゆくのが図像解釈学(イコノロジー)という実証的な学問だが、この学問に従事する者たちは、往々にして、発見された意味のところで議論を終えてしまっている。大切なのはその先だろう。例えば同じ時代に数多くある同一の象徴表現のうち、どうしてその表現だけが当時の、あるいは今日の多くの人の心を打つのか。文化の感性へ、形としての証拠がなくとも確実に存在しているものへ、記号解読の彼岸へ、図像解釈学者たちは開けてゆくべきだろう。芸術の何たるかを遠ざける芸術研究にいったい何の意味があるのだろうか。

この章の冒頭で紹介した先生の授業を私は日本で受けていた。「大学院の授業なのにテクストの正確な訳だけでは面白くありません。先生の価値観をもっと語って下さい」。教員控室で私がそうぶしつけに語ったところ、その先生はややあって、そしてどこか淋しげにこう答えた。「僕は教育者なんだよ」。

この答の真意を理解するのにはかなりの時を要した。おそらく先生はこう言いたかったのだ。自分は残念ながら思想家ではなく、教育者にすぎない。しかし教育者たる限り、たとえ文学部の、それも大学院の授業であろうと、徹底して基礎的な技術を習得させねばならぬ。学生がこの授業から各自の世界へ出てゆき一端の研究ができるようになるためにも。

二〇数年後、或る文学部の教員職に逢着した私は、授業で印象派絵画を扱おうと思想を扱おうと、自分の価値観を、早い話、独断と偏見を、もりこんでいるが、それが非教育的だとは思っていない。学生はもとより賢明で、その私を冷静に距離を置いて観察している。「あの先生は自分の好きな絵の説明に入ると恍惚としている」。彼らの弁である。バタイユの言うように、学問も人間も「孤立した要素は生き残らない」。ラスコーの絵師たちのごとくにとはいかずとも、驚異のものの熱を少しでも学生に伝達できたならと日々私は思案に暮れている。

▲ラスコーの中のバタイユ

【邦訳】　出口裕弘訳『ラスコーの壁画』（二見書房）

第10章　『ニーチェについて——好運への意志』（一九四五年）

——さわやかな喜びの方へ

ニーチェを生きる

『ニーチェについて』は、第二次大戦末期の一九四四年二月から八月にかけて本文が執筆され、十月に序文ができあがって、四五年の二月に出版されている。バタイユの当初のもくろみでは、ニーチェ生誕百周年にあたる一九四四年十月一五日に刊行する予定であったが、果せなかった。

本書のなかでニーチェの言葉は、章や節の題辞(エピグラフ)に、本文のなかにと、ふんだんに引用されている。しかし、ニーチェ論と呼べるようなテクストは、序文と補遺のⅠ「ニーチェとドイツ国家社会主義」、補遺のⅡ「ニーチェの内的体験」ぐらいのものだ。第一部「ニーチェ氏」はほとんどがニーチェからの引用文、第二部「頂点と衰退」は一九四四年三月パリでおこなわれた「罪についての討論」の際に読みあげられたバタイユの基調提題の改作、そして本書の大半を占める第三部「日記」はバタイユの日々の〈好運〉の体験を綴った個人的記録になっている。

これは、本書でのバタイユの主たる関心事が、『ニーチェについて』という題名にもかかわらず、ニーチェについて語ることにはなかったことを証している。じっさい、バタイユはこう考えていた。ニーチェを一人の哲学者として対象化し、その哲学を学問的に解明するという通常の研究者のようなニーチェの捉え方では、つまりニーチェと研究者、ニーチェの作品とその読者という別個の存在を設定しそこに留まっているようでは、ニーチェを根本的に理解したことにはならない。個々別々の存在が溶融する生の巨大な流れこそ、ニーチェの言葉の源であり、かつ帰ってゆくところだ。だからまず、ニーチェが体験したあの生の方へ出てゆかねばならない、と。

> 一瞬たりとも次のことを疑わないでほしい——今日まで人がニーチェの作品を一語たりとも理解してこなかったのは、まず最初にあの総体性への光輝く溶解を生きるということをしなかったからなのだ。(『ニーチェについて』「序文」の第十節)

一九三〇年代、四〇年代のニーチェ理解は、ドイツでもフランスでもニーチェからかけ離れたものだったというのがバタイユの認識である。まずもって〈総体性〉を生きよとバタイユが言うときのこの〈総体性〉とは形のある一個の全体のことではない。個々人を飲みこんでゆく生の漠然とした、しかし巨大な流れのことである。それを本書のバタイユはさらに〈内在性〉、〈連続体〉とも呼んだ。

共同体

バタイユは、この生の〈総体性〉に憑かれた者としてニーチェに共同体の感情を覚えていた。冷静に考えればもちろん、現存しない人間との間に共同体感覚を持つというのは奇妙な話である。しかしバタイユは、過去から現在に押し寄せてくる巨大な生命流を問題にしていた人である。本書『ニーチェについて』を書いている最中にもバタイユは、ふとしたときに、好運にも、この生命流に触れ、その流れに運ばれてゆくのを感じる。窓の外で雷鳴が轟き、風が吹きすさぶと、そこに幾世紀も前から流れてくる生の激流を感じてしまうのだ。

私は、今、文章を綴りながら、雷鳴に、風のうなり声に、聞き入っている。耳をそばだてて私は、いくつもの時代を通って響いてくる喧騒、轟音、大地の嵐を聞き分ける。今のこの時代も、この大空も限界がないのであって、過去からの大音響が駆け抜けてゆき、しかも私の心臓が血液を供与するのと同じくらい簡単に死を供与するのだが、私はそのような時代と大空のなかで、私自身が、激しくてたちまちあまりに暴力的になる動きに運ばれてゆくのを感じる。窓の扉から無限の風が、さまざまな戦闘の猛威を、幾世紀もの怒り狂った不幸を、のせて吹きこんでくる。流血を求める激情と、攻撃欲に必要な理性の盲目とを、どうしてこの私が持たぬことがあろう？（『ニーチェについて』第一部「ニーチェ氏」）

バタイユにとってのニーチェは、何よりも「大洋であれ」と強く呼びかけてくる人である。大洋とはニーチェによれば「人間における偉大で崇高なものすべての流れが注ぎこむ」ところだ（『内的体験』第一部に引用されたニーチェの遺稿断章（一八八一年一二月―八二年一月））。またニーチェによれば、深い思想家は、「自分のなかに銀河を宿している者」であり、「すべての銀河がどんなに不規則であるかを知っている」。そして銀河という銀河は「どれも人を生の混沌と迷宮のなかへ導いてゆく」というのである（本書第一部「ニーチェ氏」に引用されたニーチェの『悦ばしき知』三二二番の断章）。ともかくバタイユは、「風変わりな人々にまじって生きている」のであり、「彼らの見方に従うと、大地とその偶然の出来事は、そして動物たちの、哺乳類の、昆虫たちの巨大な活動は、それら自身に――あるいはそれらを限界づけている必要事に――対応して存在しているというよりはむしろ、無限なるもの、失せしもの、天空の理解不可能なものに対応して存在しているということになる」（本書第一部「ニーチェ氏」）。

バタイユはこれらの「風変わりな人々」のなかに詩人のブレイク、ランボー、小説家のプルーストを数え入れているが、最も親近感を覚えるのはニーチェだと告白する。

> ニーチェだけが私と連帯したのだ――われわれと言いながら。もしも共同体が存在しないのならば、ニーチェはひとりの哲学者である。

彼は私に語っている。「もしもわれわれが神の死を偉大な断念にしないのならば、われわれ自身に対する永遠の勝利にしないのならば、われわれは、この喪失を耐えてゆかねばならなくなるだろう」（一八八二―八六年の遺稿断章〔現在の研究では八一年秋の作〕、ヴュルツバッハ版からの仏訳『権力への意志』ガリマール社、第Ⅱ巻、一八三頁)。

この文章は一つの意味を持つ。私が即座にこの文章を徹底的に生き抜くという意味を持つ。

(『ニーチェについて』第一部「ニーチェ氏」の第一節)

〈神の死〉を徹底的に生きなかったから、ヨーロッパは目下、その付けを大戦争という最悪のかたちで支払わねばならなくなっている。〈神の死〉ではなく〈権力への意志〉に従ったから、それも表面的に従ったから、大戦争を再度招来させることになった。バタイユはそう考えていた。

『権力への意志』

本書『ニーチェについて』の副題は「好運への意志」である。この副題は当時のフランス人にとってはまったく意外だった。というのは、ニーチェは『権力への意志』の哲学者と理解されていたからである。

『権力への意志』はニーチェのいわくつきの遺稿断章集である。テクストはニーチェ自身のものだが、著作意図と編集方針はニーチェから逸脱した偽造書にほかならない。ニーチェが死んでから六年たった一九〇六年に、ニーチェの妹エリーザベトが兄の「理論的主著」として兄の遺稿断章を編集し出版したのが『権力への意志』の始まりである。現在、〈ちくま学芸文庫〉に収められている『ニーチェ全集』中の『権力への意志』上・下二巻はこの版をもとにしている。

このエリーザベトの版に続いて、ミュンヘンのニーチェ協会会長のヴュルツバッハは、同様の主旨の、ただし収録の遺稿断章数を増やしたニーチェ偽書を出版し、これが一九三〇年代に上下二巻本の仏訳本『権力への意志』としてガリマール社より刊行されたのだった。以後この仏訳本は、一九七〇年代にコリとモンティナリが編集したデ・グロイター版ニーチェ全集の仏訳が同じガリマール社から出版されるまで（邦訳は白水社から）、ニーチェ遺稿集としてフランス人読者から珍重されたのである。一九五〇年代に『権力への意志』なる本が偽書だと分かったあともそうだった。一九六二年出版のドゥルーズの『ニーチェと哲学』でもこの一九三〇年代の仏訳本が使われている。

さらに問題だったのは、『権力への意志』なる書物をニーチェの「理論的主著」と銘打って出版させたドイツ人がナチス党の支持者であり、ニーチェの哲学をナチスの政治思想に結びつける挙に出ていたということである。ニーチェの妹エリーザベトは、一九三三年にワイマルのニーチェ・アルヒーフ（この妹が兄を文化殿堂入りさせるために兄の蔵書、遺稿を集めて作った記念館）に首相の座についたヒトラーを招き、兄の散歩用の杖を贈呈するセレモニーをおこなった。他方、ミュンヘンのニーチェ協会会長のヴュルツバッハは、バイエルン放送の講演企画部長でもあり、彼自らラジオを通して、ニーチェは今日のナチスの統率者たちの到来を予言していたと表明していた。或るときパリからヴュルツバッハのもとに「〈本当にヒトラーは公的にニーチェ教説の権化と言えるのか〉という質問が寄せられたが、ヴュルツバッハは沈黙を守った。しかし、自分のポストにしがみついていた多くの大学教授たちは、同様に、ニーチェとヒトラーを関連づけて捉えることになるのである」（J・L・ビーヴァース著『新日記』──M・リーデル著『ニーチェ思想の歪曲』、恒吉良隆・米澤充・杉谷恭一訳、白水社より）。

パリからのこの質問者はバタイユではなかったかと私は思っているのだが、それはともかくバタイユは、ニーチェをナチスに結びつける欺瞞をいちはやく雑誌『アセファル』第二号（一九三七年一月）所収の「ニーチェとファシストたち」で告発していた。さらに、本書『ニーチェについて』の序文および補遺I「ニーチェとドイツ国家社会主義」でも、ニーチェが妹エリーザベトやヒトラーのような反ユダヤ主義者を憎悪していたこと、ニーチェがいかなる愛国主義者とも手を結ばなかったこと、ニーチェが反仏感情のもとに国民意識を高める普仏戦争（一八七〇─七一）以後のドイツ人の単純さを軽蔑していたこと等々、ニーチェがいかにナチス政権へと続くドイツ人の政治意識と背馳していたかをバタイユははっきりと言いたてている。これは、ドイツ人解釈者たちに端を発して一九三〇年代─四〇年代のフランスで定着するようになったニーチェ即ナチスというニーチェ像を覆す果敢な試みだった。

生命は一元的相貌を否定する

ニーチェ即ナチスというニーチェ像は、前述のような事情で、ニーチェ即『権力への意志』の哲学者というニーチェ像と密接につながっていた。本書のバタイユは、〈権力への意志〉を〈好運への意志〉へ導くことで、後者のニーチェ像を覆そうとした。

だがそもそもニーチェ自身にとって〈権力への意志〉とは何なのか。『ツァラトゥストラはこう言った』第二部の「自己超克」によれば、「わたしが生あるものを見出したかぎり、そこにはかならず（権）力への意志があった。そして服従して仕える者の意志のなかにさえ、支配者になろうとする意志があった」（氷上英廣訳）。さらに『善悪の彼岸』にはこうある。

> 生そのものは本質的に他者や弱者をわがものにすること、傷つけること、制圧することであり、抑圧であり、冷酷さであり、自己の形式を押しつけることであり、他を併合することであり、少なくとも、もっともおだやかに言っても、搾取である。（……）個々人がその内部で平等に振舞っている――これはあらゆる健全な貴族制において行なわれていることだが――あの団体にしても、それが生きている団体であって死に瀕した団体ではないとするならば、自らは、個々人がこの団体のなかで互いに抑制しあっているようなすべてのことを、他の団体に対して行なわなくてはならない。それは（権）力への意志の化身でなくてはならないのであろう。それは、生長し、広がり、独占し、優勢を占めようと欲するだろう、――それも何らかの道徳性や不道徳性からではなく、それが生きているから、生がまさに（権）力への意志であるから、そうするのである（『善悪の彼岸』、二五九、吉村博次訳）。

ヨーロッパ諸国の制覇にのりだしたナチス・ドイツの政治家や御用学者が心から喜びそうな文面だが、注意してかからねばならない。ここで問題になっている〈権力への意志〉は、個人であれ、貴族的団体であれ、国家であれ、一個の生命体が、自分の存続・発展のために発動させている本能なのである。生命体という個体の延命・膨張を良きこととし、善とみなして、それに奉仕している生命の本能なのである。この限り〈権力への意志〉は、ナチス・ドイツがどれほど非道な支配欲、制覇欲を示していても、ナチス・ドイツを含めたすべての生命体にとって善への意志になっている。

だが生命は自分の一元的相貌を内から否定する力をひめている。ナチス・ドイツの〈権力への意志〉が十数年ののちにはこの国を無益に滅ぼしてしまったように、〈権力への意志〉には当の生命体を解体させてしまう悪しき力、悪への意志が伏在しているのだ。ニーチェはもちろんのことバタイユもそのことに気づいていた。

〈権力への意志〉は一つの曖昧さなのだ。或る意味で〈権力への意志〉のなかには悪の意志、要するに蕩尽したいという意志、遊びたいという意志が存続している（ニーチェはこの側面を強調していた）。（『ニーチェについて』第三部「日記」、「一九四四年六月―七月・時間」の章の第七節）。

〈権力への意志〉にも内在する悪の面、すなわち生命体の自己保存・自己発展のためにならない面を、ニーチェはとくに〈遊び〉、〈子供〉という概念で強調した。最後の自伝的作品『この人を見よ』では彼は〈遊び〉に終始していたといささか誇張ぎみに告白している。

私の記憶の中には、かつて自分が何かのために努力した、という思いがない。——奮励努力の跡が私の生涯の中には辿れない。私は英雄的人物のおよそ対極にある人間である。何かを「欲する」とか、何かを得ようと「努力する」とか、何らかの「目的」や「願望」を絶えず忘れないでいるとか——こういったことを私は経験的に知らない。(『この人を見よ』「なぜ私はかくも怜悧なのか」9、西尾幹二訳)

私は偉大な任務と取り組むのに、遊びとは別の遣り方を知らない。遊びこそは偉大さを示すしるしであり、その本質的な前提の一つである。(『この人を見よ』「なぜ私はかくも怜悧なのか」10、西尾幹二訳(一部改訳))

ニーチェの「理論的主著」と歌われた『権力への意志』が偽書と判明し、その他の無数の遺稿断章のなかに分散されて出版されている今日、ニーチェの全作品の、そして思想家としての彼の生涯の無目的性はいっそう際立つばかりである。バタイユはすでに『権力への意志』それ自体にも目的不在の生の迷宮を感じとっていたが、さらに〈好運〉の体験とともにこの生の迷宮たる〈総体性〉

のなかへ入ってゆこうとした。

目的の死

バタイユの〈好運〉の体験は、先ほど引用した嵐の断章にその本質を見てとることができる。バタイユは窓辺で文章を書き、本書を作り上げようとしていたのだ。本書を作るという目的を設定し、それを実現する行為に従事していたのだ。そのとき突然、雷鳴が轟き、強風が吹きこんで、彼の意識はこの目的追求から引き離され、過去からの巨大な生命流にさらわれていったのである。

〈好運〉の体験とは、まずこのような未来時にその達成が期待されている目的とそのための作業をしている現在の自分との関係、つまり目的を主とすれば現在の自分が従となる主従の関係が意識のなかで消えてなくなることから始まる。そのきっかけはまさに運の問題で、嵐のように外から突如やってくることもあるし、身心の内側から予期せぬときに生じることもある。つまりこのきっかけは、目的として設定して生じさせるという人間の意志の作用の結果なのではなく、徹頭徹尾偶発的な到来だということである。目的追求の考え方とはまったく次元を異にする現象なのだ。

キリスト教徒ならば、この偶発的な到来を神の恩寵とみなすだろう。だが恩寵は人間にとっては偶然の出来事だが、神にとっては自分が意志した必然の成果にほかならない。つまり神は、恩寵の出来事を目的として設定し、それを実現したということなのだ。ここにはキリスト教の本質が隠されている。つまりキリスト教の核心をなすのは目的の思想だということである。

例えば、十字架上でのイエスの死は犬死ではなく、人類の罪をイエスに贖わせるという天の神が設定した目的の実現なのである。ただし当のイエスは、「我が神、我が神、なぜ私を見捨てたのですか」と叫んで、この目的を理解しえぬまま絶望のうちに死んでいったのだが。ともかくキリスト教において、神への信仰は、人類の至福のために目的を達成してくれる存在への信仰になっている。

それゆえ〈好運〉の体験のなかで、設定された目的とそれを実現してゆく現在の自分との主従関係が消滅するとき、それはまさにニーチェの教説〈神の死〉が生きられたときとなるのだ。キリスト教の核心部分たる目的追求の姿勢が死んだのである。ニーチェもそうだがバタイユも〈神の死〉に言われる神を狭くキリスト教神と捉えていたのではなかった。目的に追随する人間の在り方と広く捉えていた。そしてこの在り方が、中世から近代まで西洋社会の個人を支える基本原理であり続けてきたことを、ニーチェもバタイユも熟知していた。神のため、民族のため、国家のため、都市のため、党派のため、一族のためという発想が、表向きはそれらを、しかし根底においてはそれらに追随する個人を心理的に支え救ってきたという事情を彼らはよく知っていた。だから彼らは〈神の死〉を不安あるいは恐怖という心理的反応とともに捉えていたのである。ニーチェは、『悦ばしき知』（一八八二年初版）の第一二五番の断章で、あえて昼間にランプを持つ狂人を登場させて、すでに信仰を失ったまま平然と暮らす市民たちに、いかに神の死が恐ろしく救いのない事態か、昼間からランプを必要にするような暗き世界でのさまよいであるかを息せき切った口調で語らせる。

バタイユも、目的不在という〈神の死〉を不安にさいなまれながら生きるのである。だが同時にそこに生の新たな光明を見出してゆく。

> 限られた目的を持たない行動、無限定の行動、意志を乗り越えるようにして諸目的の彼方へと好運を求めてゆく行動。自由なる活動の実践だ。
> 自分の生の流れをもう一度検討してみると。
> 私は、限界へゆっくり近づく自分を思い描いてみる。
> 四方から不安が私を待ち構えている。私は、綱渡りのような危ない立場にいる。それでいながら私は、空を見つめて、星を一つ見分ける。その星は、とても小さくて、かすかな光で輝いているのだが、不安を焼き尽くしてくれる——四方から私を待ち構えている不安を、だ。
> 私は、魔力を、無限の能力を、待っている。（『ニーチェについて』第三部「日記」、「一九四四年四月—六月　好運の位置」の章の第X節）

バタイユにとって不安とは、個人の生存が危うくなったときに生じる感情である。強いて言えば、個人の生存に執着しているがゆえに生じる感情だ。この個人の存続のための感情を断ち切って、しかし完全に個人を滅ぼしてはしまわずに、生の広大な世界と交わるのが、狭い意味での〈好運〉の体験である。不安を断ち切らせるのはもはや意志ではない。「魔力」だとか「無限の能力」と言われているものである。不安を笑う内発的な〈無限の笑い〉あるいは窓の外から吹きこんでくる〈無限の風〉がこれにあたる。そういう意味で、本書の副題「好運への意志」は妥当ではない。「好運への飛躍」とでもしておくべきだったろう。

さわやかな〈好運〉

バタイユは本書第三部「日記」の末尾で別な種類の〈好運〉の体験にも達している。不安のない、さわやかな体験だ。最後にそれを紹介しておこう。

今朝、陽だまりにいたときに、私は幸福の不思議な感情に襲われた。もはや私の内に厚みといったものはなかった。喜悦に対する配慮さえなかった。石ころ、苔、光に満ちた大気らと境を接する無限に単純な生。

私は以前、不安の(不幸の)瞬間が反対の瞬間——不安が燃え尽きる瞬間、光輝く軽さの瞬間!——への道を準備すると考えていた。これは本当のことだ。しかし今朝の好運、つまり生あるものを、男たち、子供たち、女たちを、街路で認め愛したときに私の感情に訪れた幸福、この幸福の方が、不安の瞬間よりもずっと窮極の飛躍の近くに位置している。(……)

森のなかで、太陽が昇ろうとしていたとき、私は自由だった。私の生は労せずして舞い上がった。ちょうど大気をつっきる鳥の飛翔のように。ただし私の生は無限に自由であった。自由な、溶解した生であった。（『ニーチェについて』第三部「日記」、「一九四四年六月—七月　時間」の章の第Ⅳ節）

こちらの〈好運〉の体験の方がずっと私たちになじみやすい。先に紹介した〈好運〉、つまり個人が壊れてゆく不安の夜に生の光明を見出してゆく〈好運〉が糸杉や太陽がうねるサン＝レミ時代のゴッホの絵にたとえられるとしたら、こちらの自然のなかへ入って感覚的な喜びに浸る感性は、晩年のモネを思わせる。モネは、日本の浮世絵風景画や屏風絵に触発されて、睡蓮の浮かぶ水面を大画面に幾枚も描いたのだった。モネがめざしたことは、自分と同様の体験を鑑賞者と共有したいということ、つまり鑑賞者を自然の生命界に深く浸らせたい、西洋の理性的把握が困難になるほど深く浸らせたいということだった。

ニーチェもまた、精神生活最後の日々にこのようなさわやかな〈好運〉を体験していたことを付け加えておく。一八八八年秋にイタリアのトリノで綴られた『この人を見よ』、そして同じときに書かれた数多くの書簡にはその喜びが溢れている（人文書院刊の拙著『バタイユ聖性の探究者』所収の「トリノの風」を参照のこと）。物質的な富とは直接関係のないところで幸福に巡りあえることをニーチェは教えてくれている。ただ秋の陽に暖かく照らされるだけで、河べりでさわやかな風に吹かれるだけで、無上の幸福感に浸れる可能性のあることを彼のトリノでの言葉は教えてくれている。

【邦訳】　拙訳『ニーチェについて』（現代思潮社）

《バタイユに魅せられた人々》

ミッシェル・フーコー（一九二六―八四）

フーコーはバタイユより三〇歳ほど若い。バタイユが第一次大戦（一九一四―一八）後に文学と思想の世界に目覚めたのに対し、フーコーの目覚めは第二次大戦（一九三九―四五）後のことである。当時の講壇哲学にも市井の思想状況（サルトルらの実存主義思想の隆盛）にも満たされぬ思いを抱いていた若きフーコーは、書物を介してバタイユを知り、大きな衝撃を受けたのだった。当時を振り返ってフーコーは自分の取った針路をこう告白している。

「一方で、私の教師たちのような哲学史家にはならないということ、他方で、実存主義とは全面的に異なるものを探すということ。これが、私におけるバタイユとブランショの読解、さらに彼らを通じてのニーチェの読解ということだったのです。彼らは私にとって何を表わしていたのでしょうか。

第一に、主体という範疇、その優位、その創設的機能を問いなおせという勧めです。次に、ただしそうした作業が抽象思弁に限定された場合は、それが何の意味ももたないだろうという確信です。主体を問いなおすということは、その現実的な破壊、その解体、その破壊、まったく別なものへのその転換、こうしたものへと到るような何かを体験することを意味していたのです」（「ミシェル・フーコーとの対話」一九八〇年）。

はたしてその後のフーコーが第二の勧めに従って、主体への問いを抽象思弁の次元でではなく体験の次元でどれほど徹底的に実行し記述したのか、疑問の残るところだろう。

他方でバタイユの死後、フーコーは「侵犯行為への序言」というバタイユ論を『クリティック』誌（一九六三年、バタイユ特集号）に発表している。禁止の限界を侵犯してもまた別なかたちでこの限界が復活する動き、バタイユが『エロティシズム』等の作品で苦慮しながら語ったこの動きを、フーコーは的確に捉えている。「限界と侵犯行為の戯れは単純な執拗さに支配されているように見える——つまり侵犯行為は一本の境界線を越えるのだが、しかしその境界線は、侵犯行為の背後で、侵された追憶をほとんど持たない波になってすぐにまた合わさり閉ざされて、そうして越えがたきものの水平線へと再度引いていってしまうのだ。それゆえ侵犯行為は、遠方に引いたこの境界線をもう一度越える、何度もそれを繰り返すということになるのである」。

バタイユの作品の重要さをよく理解していたフーコーは、フランスの大手の出版社ガリマール社に全集の企画を提案し、第一巻（一九七〇）の冒頭には、彼自身次のような文で始まる紹介文を載せた。「今では誰でも知っている。バタイユが今世紀の最も重要な作家の一人であることを」。

フーコーが死んでから四年後の一九八八年、バタイユ全集は全十二巻の出版をもって一応完結した。バタイユに魅せられたこの思想家の試みに、今日までどれほど多くの人が助けられたことか。しかしその一方で、作品という境界線を越えてバタイユの生と思想の内実へ、束の間にしろ、侵犯しようと欲した者がいったいどれだけいたというのだろうか。

第11章

『太陽肛門』（一九三一年）

――太陽も肛門も孤独じゃないか

精神治療への道

本書の第一章では六十歳のバタイユが若き日の擾乱（じょうらん）を回顧する『文学と悪』（一九五七）の「まえがき」を紹介したが、この章ではそのちょうど三十年前、一九二七年に執筆された『太陽肛門』を扱うことにする。バタイユは三十歳、いまだ青春の混迷のなかにいる。詩的幻想、宇宙論、糞尿趣味、エロティシズムがないまぜになったこの作品は、人間の肛門こそ孤独な太陽の愛に応えることのできる夜なのだと奇怪な暗示をして終わっている。

お医者さんに診（み）てもらった方がいい。原稿を読んだ友人にそう勧められて、バタイユは精神分析医の治療を受けることになったのだった。しかしそこには、単に精神錯乱に閉じこめることのできない切実な人間の思いが溢れ出ている。はなばなしい噴出力に満ちているがゆえに孤独を受苦している太陽と肛門を結びつけてやりたい。十字架上で脇腹に槍の一撃を受けて血を吹きだしながら孤高の死をとげたイエスと、ナポリ湾で今なお一人噴煙をあげる活火山ヴェスヴィオを合わせてイエスヴィオ山なる火山を作ってみたい。これは、二つのかけ離れた事物を突き合わせて衝撃的な美の出現を期待するシュルレアリスムの美学とは違う。世界のあらゆるものは根底で結びついているはずなのに分離したまま孤独に生きているというバタイユの世界観、そして世界のすべてのものに生命の交流を回復させてやりたいとする彼の想念の現れなのである。

バタイユによれば、太陽が孤独であるのは人間がその輝きを正視できないことにある。太陽は人間の眼差しを享受できずにいるのだ。

「太陽も死も直視することはできない」という一七世紀フランスのモラリスト、ラ・ロシュフーコーの箴言をバタイユは愛好していた。ただし注意すべきなのは、彼の問題にしている太陽の輝きは単なる眩しさを越えて、下劣なほどの迫力を持つ光なのである。おそらくバタイユは、二四歳のときに滞在したスペインで、そのような太陽を体験したのだろう。『太陽肛門』ののちに精神治療の一環として書かれた小説『眼球譚』のなかにはスペインの晴天の空を説明する次のような文が記されている。マドリッドの闘牛の魅力を語るくだりだ。

> スペイン特有の焼けつくような空のことも考慮に入れねばならない。その空は、通常考えられる空と違って、色鮮やかではないし、澄んで硬い感じもしない。スペインの空は、まったく太陽と同じなのだ。まばやく輝く光、ただししまりがなく、暑苦しく、濁った光で満ちているのである。しかもその光は現実離れしていて、強烈な光度と熱さから官能の解放を想像させるほどなのである。（『眼球譚』第十章「グラネロの眼球」）

じっさい、『眼球譚』の登場人物たちの官能は、スペインの太陽的な空の下で、どんどん解放されてゆく。この小説の第一一章「セヴィリアの太陽の下」には「空の尿化現象」とか「マドリッドよりもっとずっと頽廃的な光と熱」といった表現が見出せるが、この章で彼らは下劣さと残虐さの極限にまで性戯を発展させてゆくのだ。

ともかく一九三一年『太陽肛門』が出版される際の申し込み受け付け書にはバタイユの手になると思われる次のような断章が添えられていた。「もしも人が太陽の輝きを恐れるあまり、太陽が男根の亀頭のように紅色でえげつなく、亀頭の尿道口のようにぱっくり口を開け尿を放出しているのを（——真夏に、自分自身汗まみれの真赤な顔をして——）見るということを一度もしたことがないのならば、おそらく自然の唯中で、疑問でいっぱいの眼をさらに続けて見開いていたところで無駄であろう。というのも自然は、エロ本屋の店頭で人を引きつける美人の女調教師のように色気をふりまきながら、何度も鞭をふるって、応えてくるからだ」。

『太陽肛門』のテクストはそれ自体、太陽のように、自然のように、えげつなく、荒々しい。太陽の相手はどうして肛門なのか。なぜイエスはヴェスヴィオ山と合成されねばならないのか。こんな知的な疑問を鞭打つ激しさ、厚かましさが、このテクストにはみなぎっている。

太陽と肛門の交わり

ではいったい『太陽肛門』は具体的にどのような文面なのか。拙訳ではたしていかほど若き日のバタイユの抑えがたい情念が再現できるか心もとないが、最後の数断章をまとめて紹介しておこう。

私が顔を充血させると、その顔は真赤になり卑猥になる。

病的な反応によるならば、この充血した顔は、血液をみなぎらせた男根の勃起をあらわしているのであり、また同時に、破廉恥と犯罪的放蕩を欲する渇望をあらわしている。

だから私は、私のこの顔が一個の醜悪さ（スキャンダル）であり、私の情念がイエスヴィオ山によってしか表現されないと断言してはばからない。

地球は火山におおわれていて、その火山は地球にとって肛門の役割をしている。

この球体は何も食べないのだが、ときおり自分の内臓の中身を外に排出する。

その中身はすさまじい音をたてて噴出し、落下してきてイエスヴィオ山の斜面を流れ落ち、いたるところに死と恐怖を広める。

じっさい大地の性愛の運動は、海の性愛の運動のように多産ではないのだが、もっと速いのだ。

地球はときおり狂ったように激しく自慰行為にふける。そのため、地表では何もかもが倒壊する。

イエスヴィオ山は、だから、精神のなかにおさまっている想念に醜悪（スキャンダル）な噴出の力をむりやり与える性愛の運動に似ている。

噴出力がなかにたまっている人々は必ず下位に置かれる。

共産主義労働者たちは、ブルジョワたちには、毛むくじゃらの性器の部位、低劣な部位と同じほどに醜く、不潔に映る。遅かれ早かれ彼らから醜悪(スキャンダル)な噴出が生じて、そのさなかにブルジョワたちの無性の、上品な頭は切り落とされるだろう。

革命と火山は、大災害であって、星々と愛の営みに入ることはない。

革命と火山の性愛的な爆発は天空と対立関係にある。

革命と火山は、激しい性愛と同じに、多産とは無縁なのだ。

天空の多産と地上の大災害は対立している。地上の大災害は、制約のない肉欲の愛、つまり結果をともなわず法則もない勃起、醜悪(スキャンダル)さ、恐怖に似ている。

こうしたわけだから、愛欲が私の喉元でこう叫んでいるのだ。私はイエスヴィオ山だ、と。

私は灼熱(しゃくねつ)のまばゆい太陽の汚(けが)れたパロディーであるイエスヴィオ山だ、と。

君は夜だ、と言い渡すことのできた娘を犯しながら、私は喉をかき切られたいと欲している。

「太陽」は「夜」だけをひたすら愛し、地球へ、その光の暴力を、下劣な男根を、さしむける。しかし太陽は、眼差しに、夜に、出会うことができない。夜に包まれた地表の部分が太陽光線の汚れ（けが）の方へ絶え間なく進んでいるのにもかかわらず。

太陽の光輪は一八歳の彼女の肉体の無垢（むく）な肛門なのだ。この肛門と同じほどまぶしくて、この肛門に匹敵しうるものは、太陽以外、何一つない。ただし肛門は夜なのだが。（『太陽肛門』）

真赤に屹立した男根が夜のように暗い女陰の洞窟を欲するように、太陽は夜を欲している。大地の夜も太陽を欲して、自らを回転させ、陽光の方へ向かうのだが、しかしまさにこの地球の自転ゆえに地表の夜の部分は消えてゆく。太陽はいつまでたっても孤独だ。人間の眼差しを享受できない孤独に加えて、夜に会えない孤独が太陽にはついてまわる。

太陽の孤独をさらに、与えるばかりで受け取ることのない存在の孤独として捉え、哀歌を表した哲学者がいる。ニーチェだ。バタイユの『太陽肛門』は、この哀歌への、そして孤独な書き手であったニーチェへの、応答という意味を担ってもいた。

贈り与える孤独

『ツァラトゥストラはこう言った』の「夜の歌」でニーチェは、光輝く者の孤独をこう吟じている。

鎮まることのない、鎮めることもできないものが、わたしのなかにあって、声をあげようとする。愛したい、とはげしく求める念がわたしのなかにあって、それ自身が愛のことばとなる。わたしは光なのだ。夜であればいいのに！　この身が光を放ち、光をめぐらしているということ、これがわたしの孤独なのだ。

〔……〕

わたしは受け取る者の幸福を知らない。そしてわたしはしばしば夢みたものだ。盗むのは受け取るよりもさらに幸福ではあるまいか、と。

わたしは絶えず与えるばかりで、手を休めるひまがない。これこそわたしの貧しさだ。わたしはわたしを期待する眼ばかりを見る。わたしの見る夜は、そうしたあこがれに輝いている。明るい夜だ。これがわたしの妬(ねた)みである。

〔……〕

かれらはわたしから受け取る。しかし私はかれらの魂に触れるだろうか？　受けるのと与えるのと、そのあいだには裂け目がある。（氷上英廣訳『ツァラトゥストラはこう言った』第二部より「夜の歌」）

『ツァラトゥストラはこう言った』の第一部末尾の章「贈り与える徳」で、ツァラトゥストラは、弟子たちと別れる際に、彼らから黄金の握りのついた杖を贈与され、大いに喜んでいる。そして金が最高の価値である理由について、それは金が「実用的でなく、光を放って、しかもその輝きが柔和だからだ。金は、いつも自分自身を贈り与えている」とし、さらに「最高の徳はありふれてなく、実用的でなく、光を放って、しかもその輝きが柔和である。最高の徳は、贈り与える徳なのだ」（氷上英廣訳）と断言している。

ニーチェによれば、ツァラトゥストラは「太陽的存在」であり、様々な教説を惜しげもなく伝授する贈与の人である。しかし第二部の「夜の歌」では、もはや太陽のように光の言葉を贈与し続けることに倦み、その孤独を嘆いている。眼前に広がる夜を自分の身において生きて、受け取る喜びを味わいたいというのだ。

ニーチェが語る贈与の徳は、モースの「贈与論」とともに若いバタイユに、生命の豊饒を肯定する表現として大きな影響を与えた。そのニーチェに『太陽肛門』という非常識な贈与ははたして受け容れられるだろうか。こんな激越で破廉恥な贈与をニーチェは受け取るだろうか。

受け取ると私は思う。「柔和な輝きの贈与」を欲する一方で、ニーチェはツァラトゥストラにこうも語らせているからだ。「あなたがたの心情が、奔流のようにみなぎり、あふれ、波打って、岸べの人々に祝福をも危険をも与えるようなときがきたら、そこにあなたがたの徳の根源があるだろう」（氷上英廣訳「贈り与える徳」）、と。ニーチェは既存の善悪の価値観を壊す強烈な贈与を欲していたのだ。自分自身の価値観に対してさえそれが壊されることを厭うてはいなかった。ツァラトゥストラが弟子たちのもとを離れたのも、彼らに自由な価値創造を促すためだった。〈神の死〉の教説を語る者としてニーチェには、自分と自分の価値観が神格化されることがいかに愚かで後退的な事態か、はっきり見えていた。たとえ、贈り与える孤独に苦しんでいてもである。

パロディーの力

「夜の歌」のツァラトゥストラは、自分を取り囲む夜に断絶を感じている。しかし愛欲の対象たるその夜を目にしうるだけまだ幸福なのかもしれない。実在の太陽は、自分の眼前をどんどん照らしだしてしまうため、夜に遭遇することすらできないのである。

新たな夜を見つけだしてきて、この完全な孤独から太陽を救いだしてやりたいと若きバタイユは願ったのだ。そのための方策として彼が頼ったのはパロディーの力であり、それに基づく世界観である。世界の各事物は別の事物にパロディー化される。火山が肛門にパロディー化されるように。そうして各事物は孤立が否定されて、別の事物と関係を持つようになるとバタイユは見ていたのだ。『太陽肛門』の冒頭にはこう断言されている。

世界がまったくパロディー的であること、つまり人が目にする事物はどれも、他の事物のパロディーである、ないしは失望させるかたちでの同一物であることは明らかだ。(『太陽肛門』)

一般にパロディーは原典を茶化した模倣と解されがちである。そして、原典のような独創性がなく、茶化した原典への妬みが透けて見えるのが欠点とされている。だがこの世のいっさいの事物が別の事物のパロディーであり、原典などないとなれば、どうなるだろうか。神、イデア等、西洋史上の原典の死を宣告したニーチェはこう言い切っている。「真の世界と共にわれわれは仮象の世界をも廃絶してしまったのである」(西尾幹二訳『偶像の黄昏』「いかにして「真の世界」がついに作り話になったか」)。あるのはただ、真でも偽でもない事物たちの生滅流転の循環だけなのだ。

ここからクロソフスキーは、いっさいの事物は他の事物のシミュラクル(似て非なるもの)として再生してくるという回帰の思想を引き出したが、バタイユは、真偽の不在に注目し、笑いと交流に執着して、パロディーを言い立てる。真実ぶった対象を茶化す、いや笑うことによってその対象の硬直した外面が破られその内実と交われるようになるとバタイユは考えたのだ。バタイユのパロディーには、このような破壊的な交わりへの欲求がこもっている。

コミュニケーションに賭けた思想家

太陽を美化し神格化し崇拝の対象にしてしまえば、その美的で観念的な外面によって、過剰で異様な熱の光体という太陽の現実は見えなくなる。太陽を崇拝する宗教の代表格、ゾロアスター教をニーチェはツァラトゥストラによってパロディー化したが、バタイユにはその試みはいまだ笑いの要素が欠けていて不充分だと映っていた。

ただでさえ醜い太陽に対して、さらにもっと醜いパロディーを呈示して太陽をコミュニケーションの状態へ導いてやりたい。しかもその際、夜という太陽の愛人の条件も満たしてやらねばならない。バタイユはこの二重の要請を肛門という発想で実現しようとした。太陽の光輪が正視に耐えない灼熱の光を放出するのと同じく、肛門輪は熱き汚物を排出する。と同時に、肛門は穴の闇を暗示している。バタイユは、穴、裂け目、洞窟、地下を夜としてことのほか愛していた男だ。

バタイユ自身、醜い太陽のさらにもっと醜いパロディーなのである。そしてバタイユおよび彼のテクストは、太陽の醜いパロディーとして、読者と交わりたいと欲している。自分の夜と裂け目に誠実な読者とである。

バタイユの思想の核心は何なのかと尋ねられたら、私は迷わず、体裁をかなぐり捨てた激しいコミュニケーションへの欲求だと答える。それがバタイユという人間の変わることのない情念だった。『有罪者』の断章のなかにバタイユが自分の青春の一コマを振り返った一節がある。コミュニケーションへの抑えがたい思いが伝わってくる文章なので、最後に引用しておこう。

だいぶ昔のことだが、私は、酒に酔った状態で、地下鉄ストラスブール・サン゠ドゥニ駅のホームにいた。服を脱いだ女の写真の裏側を使って私は文字を書きつけた。無意味な言葉のなかに私はこう書いたのだ。「交流（コミュニケーション）していないということは、交流することへの血まみれの必要性を意味している」。私は我を忘れていたが、意識を失っていたわけではなかった。黙ったままでいながら私は、叫びたい、裸になりたいという我慢できない欲求にさいなまれていたのだ。（『有罪者』「友愛」の章、第三節「天使」）

【邦訳】 生田耕作訳『太陽肛門』（二見書房）

第12章

『エロスの涙』（一九六一年）

——非-知の視覚へ

耐えがたい写真

いつ見ても目をそむけたくなる写真だ。

バタイユ愛好家のなかにさえ、この写真が好きだという人はなかなかいない。

〝百刻み(きざ)の刑〟という残虐な刑を受けている最中の中国人の写真である。

バタイユは、最後の作品となる『エロスの涙』(一九六一)の末尾に、一九二五年来彼を引きつけてやまなかったこの写真を公表した。「この写真は自分の人生において決定的な役割を持った」と告白しながら。

『エロスの涙』は、先史時代から現代までのエロティシズム美術を紹介した評論で、グラヴィアを豊富に載せているが、とりわけこの中国人の処刑の写真で有名になった。日本の読者のなかにも、本屋での立ち読みで本書の訳本を開き、この写真だけ一目見たという人は多いのではなかろうか。

この写真をもってバタイユのことを改めて悪趣味だと断じる人も少なからずいる。だがこの写真には、趣味の次元を超えた人間の問題が提起されている。

鎮痛のためアヘンを飲まされたこの受刑者の異様に見開かれた目、薄笑いを浮かべているような顔付き、それらは、どのような死に方であれ、死の間際に私たちが期せずして示してしまう可能性のある表情ではなかろうか。その一方で、この受刑者の胸の肉を切り開き肋骨を露呈させ、さらに今まさに足の関節に牛刀を食いこませて切断の作業に向かっている死刑執行人たちの残虐さは、私たちも心の底のどこかにつねに棲まわせていて、パニックに見舞われるときに、とくに集団や群集の一人として異常事態に加わっているときに、ごく自然に表出させる可能性のある暗部なのではあるまいか。そして、受刑者の膝の関節に食いこむ牛刀の動きに、顔をしかめつつも見入っている、それも身を乗りだしてまで見入っている人々の心理と挙動は、多かれ少なかれ私たちにも身に覚えのあるところなのではあるまいか。

この写真からバタイユが私たちに投げかける問いはこうだ。「膝の肉に食い入る刃。かくも絶大なおぞましさが《〔この写真を見ている〕その人自身であるところのもの》を、むきだしにされた自分の本性を、忠実に表しているということに、いったい誰が耐えられようか」（『有罪者』「友愛」の章の第五節「共犯者」）。

バタイユは耐えた。そしてさらに、恐怖、苦痛、不安といった自己保存本能に発する負の心理を根底から覆す、ということは自己保存本能を、あるいはさらに自己を、覆す原理を見出していった。転機は、『エロスの涙』の彼によれば、ヨーガの実践だった。

さらにのち、一九三八年に私は友人からヨーガの実践の手ほどきを受けた。まさにこれを契機に私は、この映像の暴力のなかに、転覆の無限の価値を見出したのだった。この暴力——今だに私はこれ以上に狂的で恐ろしい暴力を自らに差しだしえずにいる——をもとに、私はひどく覆されたため、恍惚感へ達したのだった。(『エロスの涙』第二部第Ⅲ章の第3節「中国の処刑」)

ここでいう恍惚感とは、通俗的なサディズムやマゾヒズムのような自己本位な快楽とは違う。自己を解体して、自分自身の、いや人間の本性とコミュニケートする、さらには果てしなく広がるこの世の生命とコミュニケートする喜びである。

私はこの中国人の受刑者を、サディスティックな本能が関与していない情愛で、愛していた。彼は、彼の苦痛を、いやむしろ彼の苦痛の過剰を、私に伝達していた。それこそまさに私が探し求めていたものだった。それを享楽したかったからではない。破壊に抗うものを自分のなかで破壊したかったからだ。(『内的体験』第四部「刑苦追記」の第四節「恍惚」)

私がこの写真を《合一のときまで》見入ると、この写真は、私が私という人間以上の何かではない(以下の何かでもない)という暗黙の共通の必然性を私のなかで無化してしまうのだった。そして同時に私が選んだこの対象〔中国人の処刑の写真〕の方も、もはや恐ろしい嵐でしかなくなっていった。轟音(ごうおん)と稲妻が果てしなきものへ消えてゆく恐ろしい嵐でしかなくなっていた。(「友愛」『有罪者』の「友愛」のもとになった雑誌発表論文)。

〈非―知〉の力

本書『エロスの涙』の主題は、バタイユの言葉によれば、「宗教的な恍惚とエロティシズムとの根本的なつながりを明示すること」である。これは、しかし、四年前の大著『エロティシズム』でも歌われていたことだ。「私は、聖女と好色漢という相対立する可能性がつながりを持っているのが見える見地に立っている。この二つの可能性のうち、どちらか一方を他方に還元しようとは思わない。むしろ私は、両者が互いに否定しあう地平の彼方に出て、両者が一致する窮極の可能性をつかみたいと思っている」(『エロティシズム』「まえがき」)。

だが一見して分かるとおり、『エロティシズム』より『エロスの涙』の方がはるかにグラヴィアが多い。『エロスの涙』が美術評論である以上、そうなるのは当然だと思えるかもしれないが、バタイユのグラヴィア多用のねらいは、エロティシズム美術の例示という次元を超えていた。『エロスの涙』のバタイユは、視覚に訴えかけて、宗教とエロティシズムのつながりの解明に向かった。いやもっと正確に言おう。通常の視覚の在り方を壊したところに、通常の〝見る〟行為を覆したところに、宗教とエロティシズムをつなぐものが現れるとバタイユは考えたのだ。エロティシズム美術も、宗教の本質的行為たる供犠も、通常の〝見る〟行為を覆して、〝聖なるもの〟を出現させると彼は考えたのである。

だがそもそも通常の〝見る〟行為とはどのようなものなのか。それはまず、〝知る〟行為と結びついたものと言えるだろう。見て分かる、見て理解するというように、私たちは、或る対象を見て、それが何であるか、脳裏の既知事項と照らし合わせながら、理解してゆく。その対象の何たるかを、その対象の意味を把握してゆく。

バタイユの主要概念たる〈非―知〉とは、このような視覚と認識の結びつきを断ち切って、意味のない視覚だけの世界にしてしまう力のことだ。この力は、対象の方からも、見る主体の方からも湧出する。〈非―知〉の力に襲われた対象の視像（ヴィジョン）は、意味不明の不可解な世界になるのである。たとえ認識への通路が復活して、その対象の視像の何たるかが、その意味が、分かっても、〈非―知〉の力はこの与えられた意味の衣装を引き裂いて、再度無意味の世界を出現させる。

> 非―知は裸にする。
>
> この命題は頂点である。だがそれは次のように理解されねばならない。裸にする、それゆえそのときまで知が隠していたものを私は見る、けれども見るならば私は知るのである。じっさい私は知り、だが私が知ったものを非―知は再び裸にする。言い換えれば、無意味が意味になっても、この無意味という意味は消え去って、再び無意味になる（この繰り返しは可能な限り続く）ということである（『内的体験』第二部「刑苦」）。

中国人の処刑の写真を見たとき、私たちはそれが犯罪者を公開で死刑に処している映像であることは分かる。写真の意味はいちおう理解できるのだ。しかしその意味に私たちはとても安じてなどいられない。この写真は処刑の写真という意味を壊してしまう生命の恐ろしげな力を放っている。目を剝き髪を逆立てている受刑者、その足を切断しようとしている死刑執行人、彼らを取り巻いてこの残虐行為を注視する群集。そこからは〈非―知〉の破壊的な生命力が溢れでている。

供犠の意味と無意味

供犠の光景も同様に意味を否定する力を放っている。

供犠の意味とは、とくに古代社会や未開社会においては、その社会にとって大切な動物を、ときには人間を、生け贄として神に捧げて、見返りにその社会のためになる御利益を神から期待するという功利的なギヴ・アンド・テイクのやりとりである。

だが、供犠のさなかにおいて、神への奉納のため生き贄が焼かれたり切り裂かれる段になると、供犠の参加者たちはその凄惨な眺めに気をとられ、それに見入って、供犠本来の意味など忘れてしまう。

時代を通じて、血なまぐさい供犠は、日常の現実とは共通のところがない常軌を逸した現実をじっと見つめるように人間の目を見開かせてきた。この常軌を逸した世界こそ、宗教の世界で、聖なるものという奇妙な名称を与えられているものなのである。（『エロスの涙』第二部第Ⅲ章の第2節「ブードゥー教徒の供犠」）。

バタイユは〝見る〟行為に憑かれた思想家である。観照（テオーリア）の思想家と言ってもよい。観照（theōria）とは古代ギリシアにおいては「神的なものを見る」ということだった。オリンピックの競技場に列席した使節団のことも古代ギリシアではテオーリアと呼んだが、まさしく選手たちの神業（かみわざ）を見ることからそう呼ばれるようになったのだ。

バタイユの場合も、神的なものを見るわけだが、その神的なもの、聖なるものは、オリンポスの神々や選手たちのような有形の実体、個体には、還元されえない。個体も意味も壊してしまう現実。漠然とした、しかし確実に在ると感じられる現実。それがバタイユの問題にしている聖なるものである。エロティシズムも、この現実へ高まってゆく人間の所作である。ただしそうなるのは、この人間の所作が自己への執着を捨てた〈主体の供犠〉になっている限りでのことだ。「死におけるまで生を称えること」（『エロティシズム』「序文」）になっている限りでのことだ。

聖なるコミュニケーション

バタイユの観照は、静観とか達観といった見る側の人間が対象から距離を置いて、確固と動ぜずにいる〝見る〟行為とはまったく違う。彼の観照は、A（主体）がB（客体）を見るという主客の分離の崩壊へ、両者の溶融へ、コミュニケーションへ、開かれている。

聖なる現実、とくに中国人の処刑の写真のような常軌を逸した恐ろしげな現実を前にして、人は、不安にかられたまま目をつむり、この現実から遠ざかるということができる。しかしまた、目を見開いたまま、自分の内部からこみあげてくる力に従って、自己の壁をくずし、その力を聖なる現実の力と交わらせることもできる。そうしてその人自身、聖なる現実の一部になることができるのだ。バタイユは、生涯を通して、聖なるものについて多くを語ったが、交わり、連続性という面を強調した文言が目立っている。いくつか紹介しておこう。

> キリスト教は聖なるものを実体化した（神という実体に変えてしまったということ）。逆に、聖なるものの本性とは、おそらく人間の間で生起するこのうえなく捉えがたいもののことなのだろう。というのも、聖なるものとは、共感的一体性の特権的な瞬間、ふだん抑圧されているものの痙攣性のコミュニケーションの瞬間にほかならないからである。（一九三九年『芸術手帖』誌に発表された論考「聖なるもの」）

聖なるものは、ルドロフ・オットー（『聖なるもの』（一九一七）を著したドイツの神学者）

の表現に従うと、最初からまったくの他なるものである（……）。だが本質的には聖なるものは、荒れ狂っていて危険で伝染性の諸力の一体性、コミュニケーションのことなのである。この危険なコミュニケーションから、生の有益で理性的な活動の世界を守っておく必要がある。まさに私たちがこの活動の世界に沈潜している限り、聖なる要素は私たちにとってまったくの他なるものになる。それゆえ、実のところ、生それ自体が聖なるものになっているのである。ただしこれは、生が俗なる世界の事物たちに還元しえないものを持っている限りでのことだ。効率のよい活動に還元され、将来の成果にしばられている生が問題なのではない。瞬間のなかで戯れ荒れ狂っている生、生自身に対してしか意味を持っていない、ということはつまり覚醒の絶頂に到ってもはや意味など持っていない生が問題になっているのである。（一九四七年『クリティック』誌に発表された論考「神的なものと悪との関係について」）。

供犠の参加者たちは、生け贄の死が顕現させる要素を分有する。この要素は、宗教史家とともに、聖なるものと呼びうるものだ。まさしく聖なるものとは、厳粛な儀式の場で不連続な存在の死に注意を向ける者たちに顕現する存在の連続性のことなのである。暴力的な死のおかげで、一個の存在の不連続性が破壊されてしまうのだ。あとに残るもの、しのびよる静寂のなかで参加者たちが不安げに感じるもの、それこそが存在の連続性である。（『エロティシズム』「序論」）。

病いの苦しみのなかで書かれたという事情もあって本書『エロスの涙』には、粘りのある論証は見受けられない。言葉は少なく、文章を形成している場合でも、いつしか中断符（……）になって消えてゆく。だが本書でバタイユがねらった視覚への誘いに応じてグラヴィアを繰ってゆくと、エロスへの欲求が異様な生命流として先史時代から現代まで人類史を貫いているのが感じとれる。

キリスト教は、その人類史において、エロティシズムを断罪した数少い宗教の一つであり、その意味で最も宗教的でない宗教の一つだと言える。禁欲的なキリスト教道徳は、人間を、労働に、将来の成果のための俗なる活動に、差し向けた。にもかかわらず、いやそれゆえに、人間のエロティックな欲望はいっそう燃えあがり、例えば猥雑な悪魔信仰や魔女崇拝を生みだした。道徳権力とエロティックな欲望との隠微なからみあいに関する議論は、本書においていまだ萌芽の状態に留まっている。フーコーはこれを引き継ぎ、『性の歴史』第一巻『知への意志』（一九七六）において斬新で緻密な考察を展開した。

だがそのフーコーの『知への意志』にしてもバタイユの『エロスの涙』のようにはエロティックでない。『狂気の歴史』（一九六一）が『内的体験』のように狂的でないのと同様に。

「私は哲学者ではなく聖人なのだ、おそらくは狂人なのだ」（『内的体験』「瞑想の方法」の原註）と叫んだバタイユの作品群は、肉体の狂的な生々しさを放って、今も思想史の極北で輝いている。読者との聖なるコミュニケーションを待ち望む熱き星雲として、である。

【邦訳】 森木和夫訳『エロスの涙』（ちくま学芸文庫）

《バタイユに魅せられた人々》

三島由紀夫（一九二五―七〇）

バタイユに魅せられた日本の小説家といえば、第一に三島由紀夫の名があがるだろう。三島はバタイユの邦訳の熱心な読者であったし、バタイユに触発されて思想世界を形成してもいた。ただしそれはあくまで三島固有の世界であったが。バタイユに寄せる彼の思いは、一九七〇年一一月、自決の数日前におこなわれた文芸評論家の古林尚との対談「三島由紀夫　最後の言葉」のなかにも見てとれる。

「三島　ぼくが、あなたのおつしやる〈情念の美〉にとり憑かれてゐるのは、エロティシズムと關係があるからでせうね。ジョルジュ・バタイユをぼくが知つたのは、昭和三十年ごろですが、ぼくが現代ヨーロッパの思想家でいちばん親近感をもつてゐる人がバタイユで、彼は死とエロティシズムとのもつとも深い類縁關係を説いてゐるんです。その言ふところは、禁止といふものがあり、そこから解放された日常があり、日本民俗學で言へば晴と褻といふものがあつて、さういふもの――晴がなければ褻もないし、褻がなければ晴もないのに――つまり現代生活といふものは相對主義のなかで營まれるから、褻だけに、日常性だけになつてしまつた。そこからは超絶的なものが出てこない。超絶的なものがない限り、エロティシズムといふものは存在できないんだ。エロティシズムは超絶的なものにふれるときに、初めて眞價を發揮するんだとバタイユはかう考へてゐるんです。

古林　その超絶的なものが三島さんの場合にはすぐ天皇のイメージに短絡してしまふ。そしてエロティシズムはセックス抜きで、觀念の高みに飛翔してしまふ。だけども確かバタイユは、反ファシズム運動といふ、それこそ具體的で日常性そのものである抵抗の鬪ひの中から、あの特異な理論を編みだしてきてゐるんですね。

三島　ぼくの場合には、バタイユから啓發されたんで、バタイユそのままではありません。ぼくの内面には美、エロティシズム、死といふものが一本の線をなしてゐる。それから殘酷もありますが、あれはコンクリートなもので、ふつうにはザッハリッヒ（客觀的、卽物的）なものと考へられてゐます。ところがこれを、バタイユはザッハリッヒなものとして扱つてゐません。あなたもご覽になつたと思ふけれど、バタイユの著作『エロスの涙』に支那の掠笞の刑の寫眞が出てゐます。胸の肉を切り取られてアバラが出てゐる。そんなふうにやられてゐる連中が、寫眞では笑つてゐるんです。痛いから笑つてゐるんぢやないですよ、もちろん。これはアヘンを飲まされていゐるんですね、苦痛を回避するために。バタイユは、この刑を受ける姿にこそ、エロティシズムの眞骨頂があると言つてるんです。つまりバタイユは、この世でもつとも殘酷なものの極致の向かう側に、もつとも超絶的なものを見つけだそうとして、じつに一所懸命だつたんですよ。バタイユは、さういふ行爲を通して生命の全體制を回復する以外に、いまの人間は救はれないんだと考へてゐたわけです。ぼくもバタイユに贊成です」（「三島由紀夫　最後の言葉」）。

三島自身が認めているように彼の思想はバタイユの思想そのままではない。エロティシズムに対する考え方も違う。バタイユは、カトリックの神や日本の天皇といった限定された超越存在に触れるためにエロティシズムを説いたのではない。ましてやそのような超越存在を復活させることなど彼の考えにはなかった。

「三島〔……〕ぼくの考へでは、エロティシズムと名がつく以上は、人間が體をはつて死に至るまで快樂を追求して、絶對者に裏側から到達するやうなものでなくちやいけない。だから、もし神がなかつたら、神を復活させなければならない。神の復活がなかつたら、エロティシズムは成就しないんですからね。ぼくは、さういふ考へ方をしてゐるから、無理にでも絶對者を復活させて、そしてエロティシズムを完成します。これは、その邊にある日常的なセックスなんかと、まるで次元が違ふ、まあ一種のパン・エロティシズムなんですよ。ぼくは、その追求がぼくの文学の第一義的な使命だと覺悟してゐるんです」（「三島由紀夫　最後の言葉」）。

　このような三島流のエロティシズム観のもとに書かれた短編小説が『憂国』（一九六〇）である。二・二六事件のさなかにおける軍人夫妻の自害とそれに先立つ最後の性の営みを克明に綴ったこの作品は、「三島のよいところ悪いところすべてを凝縮したエキスのような小説」として三島自身から推奨されているが、私に言わせると、「悪いところ」つまり思想の骨格が前面に出すぎるという欠点の方が目立つ。

　三島の小説の魅力は、思想の骨格が敷かれていてもそれを感じさせないほどに溢れ、迸り、輝く生命流にこそある。『豊饒の海』の第一巻『春の雪』はその意味で出色の作品だと私は思っている。松枝清顕と綾倉聡子が初春の雪の街へ馬車をくりだす場面も美しいが、両者の結婚が不可能になったあとで夜ごと繰り返される鎌倉海岸での逢瀬の光景がことのほか感動的だ。

　三島由紀夫は、一九七〇年一一月二五日、雑誌に連載中の『豊饒の海』第四巻『天人五衰』の最終回原稿を編集者に渡したあと、東京市ヶ谷の陸上自衛隊駐屯地へ乱入し、割腹自殺をとげた。この騒動は、その日、日本中を震撼させたが、結局、三島が期待していたような自衛隊によるクーデターは起きず、「死んだ神の復活」すなわち現人神としての天皇の復権も実現されなかった。それどころか彼の死後の日本では、「晴れと褻」で言えば後者の虚無的な日常性の方がどんどん勝ってゆく観を呈したのである。

この空しさを『天人五衰』の最終場面は予告していたかのようである。見る人であり認識者であり続けた本多繁邦（ほんだしげくに）は、八一才、自分が見た原点の聖性を、すなわち清顕と聡子の愛を確認すべく、病を押して、今は尼寺の門跡（もんぜき）（主僧）となった八三才の聡子を訪ねてゆく。だが完璧な悟りに達している聡子は松枝清顕なる人物などまったく知らぬ、会ったことも見たこともないと言い切るのだ。そして、途方に暮れる本多をさらに寺の庭へ案内するのである。

真夏の陽ざしが溢れる空無の庭との出会い。それは、バタイユが「晴れと褻」のような識別の彼方に、つまり聖性のための儀式と俗なる日常との対立の彼方に見た〈好運〉の体験に近いのかもしれない。ただし認識の人、本多が、感情の人、清顕の情念をもって喜悦に達するならば、である。が、そんなことはどうでもよい。三島由紀夫の最後の日付けが入る月修寺の場面は、政治への夢、思想の営為、過去への執着といった人間の営みをことごとく飲み干してゆく生命の厳しさの表現として、今でも光輝いている。

「――永い沈黙の対座ののちに、門跡はしめやかに手を鳴らした。御附弟（ごふてい）があらわれて、閾際（しきいぎわ）に指をついた。

「折角おいでやしたのやし、南のお庭でも御覧に入れましょう。私がな、御案内するよって」

その案内する門跡の手を、さらに御附弟が引くのである。本多は操られるように立って、二人に従って、暗い書院を過（よぎ）った。

御附弟が障子をあけ、縁先へ本多を導いた。広大な南の御庭が、たちまち一望の裡にあった。一面の芝の庭が、裏山を背景にして、烈しい夏の日にかがやいている。

「今日は朝から郭公が鳴いておりました」

とまだ若い御附弟が言った。

芝のはずれに楓を主とした庭木があり、裏山へみちびく枝折戸も見える。夏というのに紅葉している楓もあって、青葉のなかに炎を点じている。庭石もあちこちにのびやかに配され、石の際に花咲いた撫子がつつましい。左方の一角に古い車井戸が見え、又、見るからに日に熱して、腰かければ肌を灼きそうな青緑の陶の榻が、芝生の中程に据えられている。そして裏山の頂きの青空には、夏雲がまばゆい肩を聳やかしている。

これと云って奇功のない、閑雅な、明るくひらいた御庭である。数珠を繰るような蟬の声がここを領している。

そのほかには何一つ音とてなく、寂寞を極めている。この庭には何もない。記憶もなければ何もないところへ、自分は来てしまったと本多は思った。

庭は夏の日ざかりの日を浴びてしんとしている。……

「豊饒の海」完。

昭和四十五年十一月二十五日」

あとがき

思想家バタイユのいつの頃に一番凄(すご)みを感じるかと問われたら、私は、一九三九年九月『有罪者』の草稿を書き始めたときのバタイユだと答える。

バタイユはこのとき逆境のどん底にいた。自分が企てた《社会学研究会》、秘密結社《アセファル》は、ともに同志たちとの反目で解体に追いこまれていた。彼の良き理解者で彼が熱愛していた愛人ロールも十ヵ月前に死去している。さらに思想家としての自分の試みへの反省が彼を強く責めたてていた。間違っていたという過誤への意識が彼を苦しめていた。

その過誤とは第一に、彼が秘密結社《アセファル》とともに宗教を組織として創設しようとしていたことにある。バタイユは、本来不定形であるはずの聖なるものの共有体験に形を与えようとしていたのだ。さらに〝無頭人〟という意味のこの秘密結社の頭(かしら)の役を演じていた矛盾、〈権力への意志〉説を批判しながら権力を欲していた矛盾が加わる。

外の状況を見れば、バタイユのファシズム批判など極小の些事(さじ)であるかのように九月一日にナチス・ドイツ軍がポーランドに侵攻している。九月三日にはフランスとイギリスがドイツに宣戦布告して、ヨーロッパは再び大戦争に侵され始めていた。バタイユ自身の内を見れば、思想上の苦悶とは別に、結核の病魔が彼の肉体を滅ぼしにかかっていた。

このような圧倒的な逆境のなかで、彼は思想の言葉を新たに書き始めたのだ。いっさいが彼の存在を否定しにかかっているときに、生きていることの意味が見えなくなりかけているときに、バタイユは、生の魅惑を〈友愛〉のテーマのもとに語り始めたのである。

もちろん文章を書くということは、そこに精神を集中させることであり、苦しい思いにさいなまれているときには救いになる。他者へのバタイユの友愛は自己救済への思いで濁っている。しかし生とは不純であるからこそ魅惑的であるのだ。一元的に純粋になればなるほど精彩を欠いてゆくのである。純粋さの質こそ違うが、私たちもふだん何とか夾雑物や不快事を排して生活を純粋にしようとしている。そして多少とも純粋になって、停滞している。いずれにせよ逆境とは、人間を、切羽詰まったかたちで、つまりこのうえなく生き生きと、不純にさせ多元化させるチャンスだと言える。そしてこのチャンスは、他者たちと自然界が作りなすより巨大な生の混濁へ開けてゆく好機になっている。この好機は、生活の純粋化に執着している人間には、馬鹿げていて気違いじみたものに見えるのだが、しかし巨視的に見ればこの種の人間の生き様も、混迷とか分裂の軌跡を描いているのである。

ともかく生に賭けた思想家としてバタイユは、孤独、無理解、呵責の極みにありながらも、世に向けて次のように語れる強靱さを持ち合わせていた。「生はいつも魅惑であり饗宴であり祝祭である。生は夢なのだ。息苦しくさせる理解困難な夢、しかしまた私を楽しませる魅力に富んだ夢なのだ。好運（チャンス）を感じて私は困難な運命の前に立つように促される。その好運は、まさに異論の余地のない狂気そのものであるのだ」（『有罪者』「友愛」の章、第一節「夜」）。

困難な局面に生の多彩な発露が見出せるとの奥義に精通していたのは、バタイユのような思想家だけではない。芸術家もそうである。画家の岡本太郎は秘密結社《アセファル》でバタイユの同志であったが、この奥義もバタイユと共有していた。「迷ったときには芸術家は困難な方の道を選びなさい」。岡本からそう助言を受け、困難な道を進んだがゆえにこのような剃髪の身になったと、岡本の七回忌の席で作家の瀬戸内寂聴氏はにこやかに語り場内を笑いで包んでいたが、多元的な生の表現者になりうるには、難局に生の開花を見出し、かつ圧倒的な無理解と沈黙のなかでも表現に向かえる火のような思いを己れのうちに持ち続けていることが必要なのだろう。

本書は、白水社の月刊誌『ふらんす』に二〇〇一年五月号から二〇〇二年三月号まで一一回にわたって連載された拙稿『バタイユを読む』の解説部分、および同誌二〇〇三年四月号の拙稿「バタイユ（シリーズ『一二人の思想家たち』の一）」をもとにしているが、あくまでそれらは出発点であり、大幅に加筆改稿されてここに至っている。

バタイユの著作は本書で扱った一二作に留まらない。『眼球譚』はどうしたんだ？『宗教の理論』は？『ジル・ド・レ論』は？と疑問をお持ちの方もおられるだろう。紙幅と時間の都合で一二作に留まったのであって、御要望があれば第二弾を考えている。

なお本書の訳文は断り書きがない限り拙訳である。

本書の刊行にあたっては、白水社編集部の須山岳彦氏に多大な御尽力を賜った。ここに深謝の念を表わしておきたい。

二〇〇四年一一月

酒井　健

著者略歴
一九五四年東京生まれ．
東京大学文学部仏文科卒業後、同大学大学院に進学．
パリ大学でバタイユ論により博士号取得．
現在、法政大学文学部教授．
主要著書
『バタイユ入門』（ちくま新書）
『ゴシックとは何か　大聖堂の精神史』（サントリー学芸賞、ちくま学芸文庫）
『バタイユ　聖性の探究者』（人文書院）
『バタイユ』
『夜の哲学　バタイユから生の深淵へ』
『バタイユと芸術　アルテラシオンの思想』（以上、青土社）など
主要訳書
バタイユ『ニーチェについて』（現代思潮社）
『純然たる幸福』
『ランスの大聖堂』
『エロティシズム』
『呪われた部分　全般経済学試論・蕩尽』（以上、ちくま学芸文庫）
『ヒロシマの人々の物語』
『魔法使いの弟子』
『太陽肛門』（以上、景文館書店）など

本書は二〇〇五年に「哲学の現代を読む 1」として小社より刊行された。

バタイユ　魅惑する思想《新装復刊》

二〇二二年五月五日印刷
二〇二二年五月二五日発行

著者 © 酒井（さかい）健（たけし）
装幀者　仁木順平
発行者　及川直志
印刷所　株式会社三陽社
発行所　株式会社白水社

東京都千代田区神田小川町三の二四
電話　営業部〇三（三二九一）七八一一
　　　編集部〇三（三二九一）七八二一
振替　〇〇一九〇-五-三三二二八
郵便番号　一〇一-〇〇五二
www.hakusuisha.co.jp

乱丁・落丁本は、送料小社負担にてお取り替えいたします。

株式会社松岳社

ISBN978-4-560-09439-6
Printed in Japan

メルロ＝ポンティ哲学者事典　全3巻・別巻1

モーリス・メルロ＝ポンティ　編著
加賀野井秀一、伊藤泰雄、本郷均、加國尚志　監訳

第一巻　東洋と哲学　哲学の創始者たち　キリスト教と哲学
第二巻　大いなる合理主義　主観性の発見
第三巻　歴史の発見　実存と弁証法　「外部」の哲学者たち
別　巻　現代の哲学・年表・総索引